Roland Värn

Nihil

FSC
www.fsc.org
MIX
Papper från ansvarsfulla källor
Paper from responsible sources
FSC® C105338

Förlag: BoD – Books on Demand, Stockholm, Sverige
Tryck: BoD – Books on Demand, Norderstedt, Tyskland
ISBN: 978-91-7785-613-9

1.

I skuggan under hennes favorit björk satt Vera och räknade hur många moln himlen hade att erbjuda. Små, mjuka och lika vita som snö. De gjorde inget för att stoppa solens strålar. Vanligtvis fick dessa sommardagar Vera att trivas. Ljus och värme var hennes vänner, men denna hetta var helt enkelt för mycket. Omöjlig att fly från och med en genomträngande kraft. Vera mådde nästan illa det var så varmt.

Omkring hennes fötter sprang en massa myror och arbetade hårt. När hon var yngre roade sig Vera ofta med att ta död på de små liven. Under sina fingerspetsar eller med hjälp av diverse olika stenar. Vera hade dödat hundratals i sina dagar, om inte tusentals.

Nu var hon dock äldre och far hade lärt henne ett och annat om dessa underbara varelser. Som alla andra liv på denna grönblå planet. De hade ett syfte. Varenda enskild myra hade ett ansvar till sin familj och sitt samhälle. Dag in och dag ut byggde de ständigt på sitt bo. De hade inte något begrepp om trötthet eller utmattning. Inte heller kände de glädje, eller för den delen sorg.

Far hade insisterat på detta faktum. Känslor var en av människans gåvor. Tillsammans med vårt intellekt. Det var dessa egenskaper som separerade oss från djuren. Förmågan att bli glad över en gåva, eller de hemska känslor som kvarstår när någon kär försvinner från ens liv. Vera sträckte sig ned mot marken och så försiktigt som möjligt plockade hon upp en av de många myrorna. Hon visste mycket väl att inte mycket kraft behövdes för att ta död på den. Och just idag var mord inte hennes mål.

Det var mest förnimmelsen hon ville åt. Själva sensationen av hur den sprang upp och ned längs hennes arm. Känslan av hur den tappert försökte hitta sin väg tillbaka. Att den lilla stackaren inte skulle ha några känslor lät så befängt. Vera kunde känna dess rädsla! Fylld av panik om inte fullkomligt skräckslagen.

Myran hade trots allt goda anledningar att vara rädd. I jämförelse var Vera en jätte och om hon verkligen ville. Kunde hon gå in i skogen, leta rätt på myrstacken och bränna ned alltihop.

Förinta alla de liv som där fann sitt hem.

Inte för att hon skulle. Vera förstod att en sådan destruktiv handling inte skulle få henne att må bättre. Som bäst skulle det få henne att tänka på annat för en sekund, men även om hon brände ned hela världen. Det skulle inte föra hennes mor tillbaka.

Bakom sig hörde Vera en bekant röst, Monas. “Hallå! Vart är du någonstans?”

Vera tog en sista blick upp mot den bländande solen, hon blåste ned myran mot marken och satte upp sitt hår bakom öronen. Hon reste sig upp och inom kort fick Mona syn på henne.

“Vart har du hållit hus hela dagen?” frågade Mona.

“Jag har suttit ute i skogen och lekt.”

“Ute i skogen?”

“Ja… ute i skogen.”

“Kom med här, det är dags att äta.”

Mona tog tag i Veras hand och drog med henne tillbaka till huset. Mona hade sitt hår uppsatt i en fläta och var klädd i samma gröna klänning och kritvita förkläde som alltid. Hon hade säkert spenderat flera timmar inne i köket och lagat mat. Ändå hade hon lyckats hålla sig själv fläckfri.

Vera tittade ned på sina egna kläder. Hennes bruna byxor och hennes vita blus, skitig från topp till tå. Far skulle då inte bli glad över att se henne. Bara det faktum att hon bar byxor skulle vara nog för att störa honom. Vera började trots allt bli vuxen och alla vet att en dam bör klä sig i klänning eller i kjol.

In genom glasdörren, snabbt igenom köket och sedan in i matsalen. Mona drog med Vera i en brådskande fart. Hon ville väl inte hålla far väntande. Han satt redan vid sin sida av bordet, utan att skänka så mycket som en blick åt dem två. Hans ljusa hår kammat och hans mustasch rakad som en hästsko kring munnen.

"God dag far," sa Vera.

"Hallå dotter. Vilken rolig utstyrsel du har på dig."

Vera förstod inte om han var sur eller glad så hon sa inget mer.

Far hade fortfarande på sig sin labbrock. Han hade arbetat i sitt laboratorium hela förmiddagen och så fort han ätit klart skulle han förmodligen ned igen. Vera hade inte haft tillfälle att byta ett endaste ord med honom sedan middagen igår. Hans blick fäst vid Monas hemmagjorda korv. Kärleken han höll för denna groteska mat skulle Vera aldrig dela.

Lyckligtvis hade Mona förberett en hel drös andra maträtter. Flera kilon av perfekt formade pannbiffar, en kastrull med gräddsås, en skål med grönsallad och bäst av allt. En hel form med potatisgratäng!

Om Vera fick bestämma skulle de aldrig äta något annat än potatis. Oavsett kokt, stekt eller som nu bakad i en ljuvlig gratäng. Vera kunde inte få nog av denna förträffliga rotfrukt.

Rent rutinmässigt slöt Vera ihop sina händer ovanför sin tallrik. Hon blundade i väntan på att far skulle säga bordsbönen. Mona öppnade sin mun och kom med ett tämligen dåligt förslag. "Din far och jag har talat, vi tänkte att du kanske ville säga bönen idag?"

Vera öppnade sina ögon och gav Mona en förbluffad blick. "Varför? Jag vet inte ens vad man ska säga."

"Du behöver inte säga så mycket. Det du har på hjärtat räcker. Det du är tacksam för."

Det hon var tacksam för. Vad hade gud givit Vera att vara så himla tacksam för? Om något var det gud som hade tagit hennes mor ifrån henne.

"Okej," sa Vera efter en kort tystnad. När allt kom omkring så var det bäst att inte tjafsa. Om hon vägrade skulle de bara bli sura. Hon slöt åter sina ögonlock och tänkte ut någonting bra att säga.

"Tack gud för den mat som står på vårat bord och tack till de djur och växter som givit deras liv, så att vi nu kan äta. Amen."

"Amen," sa far. Såväl som Mona som genast kom med en invändning. "Var det allt du hade att säga?"

"Ja? Vadårå?"

"Du sa ingenting om taket över ditt huvud. Eller vad om dockorna på ditt rum? Du har så mycket att vara glad för. Om du bara visste hur svårt vissa människor har det."

"Jag har också mycket att vara ledsen för. Och du sa ju att jag inte behövde säga så mycket."

"Ibland kan du vara så otroligt bortskämd. Om du bara visste hur…"

Far avbröt Mona genom att slå sin näve i bordet. Han hade hört tillräckligt.

"Vi får ha den här diskussionen en annan dag! Maten har redan börjat bli kall!"

Och med det sagt, räckte sig far över bordet och tog sig an tallriken med korv, med sina händer hävde han upp flera stycken av dem på sin egen tallrik. Mona satt tyst med blicken fäst på sin tomma tallrik.

Vera reste sig upp och sträckte sig efter potatisen, men Mona avbröt henne tvärt. På nolltid hade hon gått tillbaka till sitt vanliga jag.

"Vänte lite Vera, låt mig hjälpa dig."

Aldrig fick Vera bestämma själv. Hon lutade sig bakåt, tog en klunk vatten och såg på som Mona serverade henne mat. Tre stycken pannbiffar med två slevar gräddsås och hälften av den korv far hade lämnat kvar. En sådan enorm massa kött, men knappt något av det Vera ville ha. Mona gav henne endast en slev potatisgratäng tillsammans med några ynka grönsaker.

Till sig själv tog Mona nästan bara sallad. Den minsta pannbiffen hon kunde hitta och ingen korv. Om Mona kunde hoppa över den äckliga maten, varför var hon tvungen att övergöda Vera? Varenda dag gav Mona henne alltmer mat. Vera kunde inte minnas den senaste gången hon lämnat bordet utan att känna sig äckligt mätt.

Far hade redan avslutat sin korv innan Vera ens hunnit ta en tugga av gratängen. Han gottade på som han ville bland de andra drivorna mat. Lite av potatisen tillsammans med en bit pannbiff, några salladsblad här och där och sedan en stor klunk vatten.

Om inget annat så var maten oerhört god.

Mona var sannerligen en bra kock.

"Så Vera, har du gjort nåt kul idag?" frågade far.

Vera gav honom en genomskinlig blick.

"Jag har suttit ute i skogen läst. Har nästan läst klart hela *Fenix Ägget.* Helt själv!"

"Har du suttit i skogen och läst?" frågade Mona.

"Ja, det stämmer."

"Du hade ingen bok när jag hämtade dig."

"Jag hade redan lagt tillbaka den i min bokhylla."

"Verkligen? Så du menar att du satt ute i skogen och läste, kom tillbaka hem, hoppade över lunchen för att vadå? Leka med insekter?"

"Exakt!"

"Du ljuger inte för oss va?" frågade far.

Vera tittade upp på honom. Han var helt och hållet fokuserad på henne. Tiden rann snabbt iväg. Ett av mors talesätt fann sin väg genom Veras huvud. Ärlighet varar längst.

"Jag var hemma hos Markus. Hans mamma gjorde pannkakor till oss."

En eld tändes i fars ögon. "Du var hemma hos Markus! Vad har vi sagt om dessa tonårspojkar?"

"Att jag inte får träffa dem."

"Så vad tror du att du håller på med?" frågade far med sådan tyngd att saliv flög ut ur munnen på honom.

Vera hade ingenting att säga, eller iallafall inget bra. Det var som att far ville hålla henne olycklig. Hon var en docka i hans samling. För evigt ensam i deras stora hus. Inte nog med att han inte hade någon tid för henne. Nu ville far ta Veras enda vän ifrån henne.

"Snälla far, jag förstår inte vad som är så illa. Markus är snäll. Han..."

Far avbröt henne.

"Det är tydligt att du inte förstår. Som du blir äldre Vera, kommer allting vara klart för dig. Dessa pojkar är endast intresserade av en sak!"

Far fortsatte med sin utskällning. Orden studsade av Veras sinne. Hon hade hört allt det här förut. Tyst satt hon och tittade sig omkring. Hon kollade bort på Mona, som i ett försök att låtsas som inget, åt sin sallad.

"Kolla på mig när jag pratar med dig!" röt far.

Vera gjorde som han sa.

"Det är faktiskt du som inte förstår! Snälla far, lyssna på mig. Markus är snäll. Han bryr sig inte om ifall jag bett mina böner eller inte, eller vad för sorts kläder jag har på mig. Allt han bryr sig om är att jag är glad. Ingenting annat, jag lovar."

Far suckade. Han skakade på sitt huvud och började igen spy ut nedvärderande fraser. "Min naiva lilla dotter, du kan ingenting om människor."

Med sina ben skakandes, Vera ställde sig upp och hann nästan ta sig till vardagsrummet innan far reagerade. Han reste sig upp och grep tag om hennes arm.

"Just vart tror du att du är på väg?"

"Jag tänker gå hem till Markus. Jag vill inte bo kvar här längre."

Far släppte lös ett högt skratt.

“Det kommer inte på frågan. Vera, gå upp till ditt rum. Du har mycket att tänka på.”

“Nej! Släpp mig.”

Desperat försökte Vera få loss sin arm från fars grepp, men desto mer hon kämpade, desto hårdare höll han tag. Mona fann nu äntligen mod att tala.

“Hon har ju knappt rört sin mat. Hon måste äta upp innan hon får lämna bordet.”

Far höll upp sitt pekfinger mot henne.

“Du ska vara tyst kvinna! Hon kan gärna få gå till sängs hungrig ikväll, kanske det får henne att förstå vad hon har gjort!”

Mitt i allt kaos lyckades Vera bända loss sin arm från fars grepp. Hon tog ett till steg mot vardagsrummet när far igen grep tag i henne.

Han lyfte upp sin handflata och släppte lös.

Som en piskande vind i regnet. Rakt över kinden.

En gång till över den andra.

Denna gång hårdare.

Ett par sekunder gled förbi innan Vera insåg vad som hade hänt. Hennes kinder, det var som han hade satt dem på eld.

“Gå till ditt rum Vera, du har mycket att tänka på.”

Så fort hon kunde sprang Vera bort från matsalen, förbi vardagsrummet, in genom huvudhallen och så fort uppför trappan att hon höll på att ramla. Hon sprang in till sitt rum och la sig ned på sin säng.

Tankarna for fram och tillbaka i sådan fart att de krockade. Upp var ned och in var ut.

Det var sällan som far gick så långt som att faktiskt slå henne. Dock kunde Vera mycket väl minnas de två senaste tillfällena. En gång när hennes nyfikenhet hade drivit henne ned till laboratoriet. Och så klart den senaste gången. För drygt en vecka sedan. Vera hade frågat ut honom vad som hade hänt med mor.

Mycket stod oklart om hennes död. Vera hade inte sett ett lik och det hade inte ens varit en begravning. Allt hon hade var fars ord om att mor var på en bättre plats, men inget mer.

Ingen orsak och inga svar.

Utomhus stod solen fortfarande högt och dränkte Veras kropp i värme. Kanske hon kunde rymma? Ifall hon bara kunde ta sig ut skulle hon vara vid Markus hus innan skymning. Den kommande morgonen, innan far och Mona ens hade märkt av hennes frånvaro, skulle Vera vara vid Hälsing. Hon reste sig upp och tittade ut genom fönstret.

Nej. Planen var dömd att misslyckas, ifall hon skulle hoppa från en sådan hög höjd skulle hon bryta av sina ben.

Timmarna gick och så småningom gick solen äntligen ned. Liggandes lågt på horisonten. Himlens blå färg hade skiftat mot en alltmer röd karaktär. Likt hennes känslor. Solen kunde gärna försvinna för gott.

Dagarna var ju så långa och tomma på mening. På natten kunde hon iallafall sova. Drömma sig bort till dagar sedan länge förgångna. Dagar då mor var vid hennes sida.

Vera satte sig upp i sin säng och tog från lådan i hennes nattduksbord fram ett gammalt fotografi. Trots att bilden inte var i färg, mors lyster sken igenom. Hennes askblonda hår, höga käkben och hennes klarblå ögon. Vem som helst kunde se att Vera var hennes dotter, men hur den där gamla gubben kunde vara hennes far. Vad än mor hade sett i honom. Det var en illusion som hade dött dagen hon gick bort.

Vera la bilden åt sidan och tog fram Milou, hennes favorit docka. Olik de andra i Veras samling. Milou hade realistisk hy och två gröna ögon som var mer levande än ögonen hos de flesta människor.

Borta från dörren hördes en knackning. Följt av en dämpad fråga. “Ligger du och sover?” Det lät som Mona. “Får jag komma in?”

“Nej. Gå iväg!” ropade Vera.

Mona lyssnade inte. Hon öppnade dörren och tog ett steg in. I sina händer höll hon tag om ett stort fat med potatisgratäng. “Ursäkta om jag stör, jag tänkte att du kanske var hungrig.”

“Nej. Jag är fortfarande mätt från allt kött,” ljög Vera. Hennes mage kurrade så högt att det lät som att den skrek.

Med ett osäkert leende på läpparna. Mona ställde ned maten på skrivbordet och satte sig ned på sängen bredvid Vera. Försiktigt la Mona sin hand över Veras kind.

“Gör det ont?” frågade Mona.

“Jag har varit med om värre.”

Märkena från fars händer brände fasansfullt. Vera låtsades som att det var inget. Så länge hon en dag får lämna detta fängelse, kunde far gärna slå henne sönder och samman.

“Du ska veta att jag ogillar att se din far behandla dig så illa,” sa Mona.

“Så varför gjorde du inget? Du bara tittade på!”

“Din far är en väldigt komplicerad person.” För en sekund blev Mona tyst. “Berätta för mig om den här Markus, vad är han för sorts person?”

“Äsch. Det finns inte så mycket att säga. Han är en kompis bara. Någon i min egen ålder som jag faktiskt kan prata med. Du och far är ju inte alltid där… och när ni är. Ni är inte speciellt roliga.”

Mona brast ut i skratt. Det var inte ofta som hon skrattade, men när det hände, så var det i de mest olämpliga av situationer.

“Jag kan tänka mig att du känner så, men du. Jag ska prata med Rupert. Jag ska se ifall jag kan övertyga honom till att låta dig spendera lite tid med den här Markus.”

“Han kommer inte att lyssna. Far verkar typ tro att andra människor är djävulen eller något.”

“Jo jag vet, men jag tänkte att vi kan bjuda över den här Markus på middag. Låta din far se för sig själv att pojken inte alls är så hemsk som han tror.”

“Tror du verkligen att det kan fungera?”

“Utan tvekan!”

En känsla Vera hade glömt bort hade återvänt, med Mona på sin sida. Kanske Vera kunde återfå ett någorlunda normalt liv. Fyllt med vänner, bekanta och andra människor. Kanske Vera inte behövde vara ensam längre.

"Seså," fortsatte Mona. "Ät lite mat och gå sedan och lägg dig."

Vera kunde inte hjälpa sig själv från att le. Mona var ju inte alls en dålig person. Trots att hon ofta hade ett taskigt sätt att visa det. Mona brydde sig verkligen och trots att hon aldrig kunde ta mors plats. Det var trevligt att ha henne där. Som en storasyster. Mona fanns alltid där! När hon reste sig upp för att lämna rummet, omfamnade Vera hennes lår.

"Tack Mona! Tack för att du finns."

2.

Trots att den redan var kall och osten sedan länge hade stelnat. Potatisgratängen satt verkligen fint. Vera hade inte anat hur hungrig hon i själva verket var. I mitten av allt tjafs, var mat det sista hon hade tänkt på. Hon slickade tallriken rent, bytte om till sin pyjamas och la sig ned i sin säng.

Stirrandes upp i taket, Vera undrade om mor var med henne på något vis. I formen av ett spöke eller sittandes på ett moln i himlen. Som Vera tänkte på det hela lät båda alternativen långsökta. Som någonting en far säger till sin dotter för att få henne att må bättre. Vera försökte att inte tänka på det. Hon slöt sina ögonlock och inom kort försvann hon bort till drömmarnas land. De flesta nätter kunde hon ligga vaken flera timmar innan John Blund fann henne, men det var något speciellt i luften den kvällen. En sorts närvaro som höll henne trygg.

I sin dröm fann Vera sig själv sittandes ute i skogen. Den här gången var hon inte ensam. Far var där med henne. Arbetandes på ett udda objekt. Vera sträckte sig närmare för att se vad det var, men som hon tog sig en mer noggrann titt blev det hela ännu mer oklart.

"Vad är det där för ett ting?" frågade Vera

"Du ska få den krona du alltid har förtjänat."

Aldrig hade Vera sett ett sådant material förut. Purpurfärgat och med en stenliknande textur. Objektet var dock betydligt mer formbart än sten. Far hade inga problem med att vika ett band utav det hela. Egentligen ville Vera titta bort. Inte minst stank objektet avskyvärt. Strukturen var täckt av pyttesmå hål. Likt en bikupa. Vera förväntade sig att någonting skulle krypa ut ur ett av de många hålen.

Far placerade objektet ovanpå Veras huvud.

"Men varför?" frågade hon.

Far såg djupt in i hennes ögon. "Du är nästan vuxen. Det är dags för dig att be din bön!"

Bakom henne greppade någonting tag i Vera. Inte så mycket en person, mer av en kraft. Hela Veras kropp började krampa. Det kändes som att någonting drog bort henne från världen. In i en mörk och skuggig plats.

Till slut släppte kraften taget om Vera. Bakom henne talade en bekant röst i en hög och ytterst allvarlig ton.

"Du är inte säker här. Du måste försvinna!"

Vera vände sig om och ståendes där. I allra högsta person. Det var mors familjära gestalt, men hennes ansikte. Hennes perfekt skulpturerade ansikte. Det fanns inte där. Hennes ögon och näsa, det var som att de aldrig någonsin hade existerat. Allt hon hade var en mun, stor nog att svälja Vera hel.

"Mamma! Vad har de gjort med dig?"

Mor sa ingenting, utan räckte över en bild. Målat på en kolsvart bakgrund, det såg ut som en avbildning av solen, målad i en blodröd skara.

"Spring," viskade den ansiktlösa kvinnan.

Vera vände sig om, det var för sent.

Far var tillbaka med en jättelik spruta i sin hand. Han ryckte tag i Veras arm och in i hennes armveck körde han nålen. Huden sprack som att hon vore gjord av gummi.

Vera vaknade genast till liv. Adrenalin pumpandes genom blodet och sängen dygnsur av svett. Mörkret låg som en tjock dimma utomhus, men månen gav henne tillräckligt med ljus för Vera att lokalisera sina kläder från dagen innan.

Hjärtat var på väg att stanna som Vera drog på sig sin blus. På hennes ena armveck, inte mycket större än ett insektsbett, ett färskt sår i formen av en perfekt cirkel.

Vera tänkte tillbaka på sin mardröm. En sådan störd blandning av fantasi och verklighet. Såret var placerat exakt där far hade injicerat henne, men det måste ha varit en slump. Far fanns ju ingenstans att bli funnen.

Vera reste sig ur sin säng och sträckte sig efter knappen för att knäppa igång lampan. Knappen gjorde ett ljud, men ljuset vägrade fungera. Hon försökte en andra gång och i snabb följd, ett tredje försök. Typiskt, far måste ha stängt av generatorn.

Utan att förlora någon mer tid. Vera ryckte upp dörren, skyndade sig ut genom korridoren och så nedför trappan. Fokuserad på att inte ramla, hon kunde knappt se golvet på våningen nedanför, men som hon tog det sista steget såg Vera en främmande man ståendes rakt i hennes väg.

Inte för en sekund trodde hon att det var far. Denna man var lång och magert byggd. Inte heller hade han ett ansikte, som mor i hennes dröm fast värre. Någon hade grävt ut hans ögon och tagit bort hans näsa. Lämnat den stackars mannens sinne i en avgrund.

Mannen sa ingenting utan släppte istället ut ett argt läte som han sakta gick mot henne.

En röst inom Vera vrålade åt henne att springa, men hon kunde inte. Fastfrusen som en staty, hon kunde inte röra så mycket som en muskel. För varenda hjärtslag kom han allt närmare. Vera insåg nu att, det här var inte en man. Det här var ett monster!

Med sina armar utsträckta, precis som han höll på att gripa tag om henne fick Vera ett infall av energi. En sorts kraft drog henne åt sidan. Monstret missade och föll omkull.

Ovanför, från toppen av trappan hördes en röst.

"Här uppe Vera. Skynda dig!"

Så fort hon kunde kutade Vera tillbaka uppför trappan och såg snart att rösten tillhörde en pojke, några år äldre än henne själv och klädd i grå trasor.

"Vem är du?" frågade Vera.

"Det är inte viktigt, lyssna på mig. Tiden är…"

Vera avbröt honom.

"Inte förrns du säger vem du är!"

"Jag är ett av din fars offer."

"Min fars offer? Vad snackar du om?"

"En av dina fars patienter om du hellre ser det så, lyssna på mig, vi måste…"

"Du ljuger! Du är ett monster, precis som den där saken där nere. Försvinn från mitt hem!"

Vera tryckte sig förbi pojken och sprang tillbaka till sitt rum, i tron om att hon där kunde bli lämnad ensam. Dörren slog hon igen så hårt att den nästan lossnade från sin ram. Till hennes skräck fann Vera en till främling. Lång, oerhört lång och klädd i en mörk kostym med en hög hatt vilandes på huvudet. Ståendes vid fönstret, i sin hand höll han tag om Milou.

“Vem där?” frågade Vera.

“Det är en fin docka du har här,” sa främlingen. Han talade in en djup, nästan monoton stämma.

“Vem där?” frågade Vera igen, den här gången med mer styrka bakom hennes ord.

Främlingen vände sig om. Hans ansikte var den mest horribla synen Vera någonsin sett. Lite som en häst, det var avlångt, men utan en näsa. Likt monstret nere i huvudhallen någon hade berövat honom hans ögon, men ännu mer sjukligt. Tryckt in två juveler i hans skalle. Han tog av sig hatten och avslöjade en renrakad hjässa.

“Allt du behöver veta är att jag är din vän. Du kan kalla mig för Gabriel.”

“Min vän? Och just hur kan jag lita på dig? Du ser ju ut som ett monster!”

Gabriel skrattade åt hennes ordval, ett udda läte, helt utan känsla och rytm.

“Det gör mig ledsen att höra dig kalla mig för ett sådant ord. Jag är inte ett monster. Som du, jag är blott ett av universums många barn. Jag är här för att du behöver min hjälp. Jag vet att du har många frågor, men aftonen är tyvärr för ung. Finn din far Vera. Endast du kan hjälpa honom nu.”

“Var är han?”

“Uppe i tornet eller nere i laboratoriet, helt ärligt så vet jag inte.”

I en stormande fart for Vera tillbaka ut ur sitt rum. Hon hade hört tillräckligt. Endast orden om far klingade i hennes huvud. Hon var den enda som kunde hjälpa honom, men hur kunde hon? Vera visste inte var han befann sig. Hon bestämde sig för att påbörja sitt sökande uppe i tornet.

Vera hade många minnen av hur hon med far hade observerat några av univerums underverk från toppen av det gamla tornet. Med sitt teleskop hade far visat henne en annan galax, kometer som aldrig någonsin skulle återvända och ett par av de nebulosor vars natur inte ens astronomer förstod sig på. Likt många andra av deras nöjen ihop, deras observationer hade upphört dagen mor dog.

På vägen sprang Vera förbi fars sovrum, hon antog att det var osannolikt, men kanske far låg och sov där inne. Det skulle inte varit första gången hon väckt honom mitt på natten. Dörren ståendes lite lätt på glänt. Hon såg hans säng lika prydligt bäddad som alltid och ovanpå, såg hon en kvinna sittandes med sitt ansikte begravt i sina händer. Det lät som att hon grät.

En del av Vera ville gå in och trösta kvinnan, men en större del ville inget annat än att leta rätt på far. Bilden av hur han vid sitt teleskop, låg blodig och död, hemsökte hennes sinne.

Igen satte ett infall av energi fart på henne. Vera sprang vidare upp till den tredje våningen och så slutligen bort till den långa spiraltrappan.

I vanliga fall skulle Vera aldrig vågat klättra uppför dessa trappor själv, framförallt inte så här sent.

Mörkret, fukten och denna tystnad. En plats olik alla de andra i huset.

Ett par steg uppför trappan och hon hade lämnat värmen av hennes hem bakom. Månljuset fann ingen väg in, så Vera var tvungen att förlita sig på sin känsel. Hon förstod att hon borde sakta ned, men som hennes hjärta slog allt hårdare, ökade hon sitt tempo. Om dessa monster hade jagat upp far hit, så var tiden sannerligen knapp.

Halvvägs uppför trappan. Ljudet av stapplande steg komma henne allt närmare. Högt uppifrån tornet, det måste vara far. Det bara måste.

Stegen blev allt högre ju längre upp hon kom. Det lät som fler än en person. Ifall det var far, så var han inte ensam. Han blev jagad!

De stapplande stegen kom allt närmare, tills ljudet avtog, ett par meter ovanför henne.

"Far, är du där?"

Inget svar.

Vera tog ett steg till då hennes ben krampade. Ett steg till och smärtan spred sig. Hennes rygg, armar och ben. Det var som att en osynlig jätte drog henne sönder och samman.

Ur intet uppkom en röst. *Raspig och förstörd.*

"Försvinn från denna plats, lilla flicka. Försvinn!"

En puls stoppade Vera rätt i hennes spår. Trots att viljan var stark, hon kunde inte fortsätta. Utom kontroll föll hon bakåt nedför trappan. Varenda steg som en tagg mot hennes kropp.

Vera föll flera meter innan hon lyckades kravla sig tag i trappans reling. I ren desperation släppte hon lös ett skri så högt som hennes lungor tillät. Nästintill gråtandes sprang Vera tillbaka nedför trappan, det dröjde inte länge innan hon stötte på en följeslagare. Pojken klädd i trasor, fars patient.

Tillsammans gick de tillbaka nedför trappan och sedan in i huset.

"Du måste lugna ned dig," sa pojken. "Om du fortsätter såhär kommer du bara skada dig själv!"

Pojken hade rätt. Det var ett mirakel att Vera inte bröt nacken av sig.

"Dessa demoner vill skrämma dig!" fortsatte han mer ilsken för varenda ord han yttrade. "De vill pressa dig bortom dina gränser, driva dig till vansinne. Du kan inte låta dem vinna."

"Vadå för demoner?"

"Vet inte hur jag ska förklara. De är oheliga varelser. Självaste manifestationen av ondska, högre än hus. Skinn gjort av metall och med kristaller som ögon!"

"Den där typen med juveler intryckta i skallen?"

Pojken ryckte till.

"Du har träffat en av dem?"

Som att någon bevakade dem, pojken tittade sig omkring och efter en kort stund tog han tag i Veras hand. "Lyssna på mig. Vad än den där demonen må ha sagt till dig. Du måste försvinna härifrån. Innan det är för sent!"

Pojken försökte dra med sig Vera mot trappan till den andra våningen. Vera drog emot.

“Hur kan jag lita på dig? Jag vet inte ens vad du heter!”

Pojken log, ett leende fyllt av vemod.

“Min mor brukade kalla mig för Tore, men den tiden är sedan länge förbi. Kalla mig vad du vill.”

Nöjd med att ha fått ett svar, Vera repeterade hans namn och följde efter genom korridoren. Konstverken mor för länge sedan dekorerat väggarna med hade fått en helt ny sida till sig. Precis som bilden Vera fått i sin dröm. De var alla avbildningar av sfärer, som små flammor i regnbågens alla färger.

Som de gick förbi fars arbetsrum. Hans, så att säga, personliga bibliotek stannade Vera till. Förutom laboratoriet var biblioteket den enda delen av huset Vera inte fick befinna sig i.

“Vänta en stund, jag vill kolla en sak.”

Vera öppnade dörren och tog en titt. Möblerat med linje efter linje av bokhyllor. Far var minst sagt en lärd man. Hälften av böckerna på hyllorna var skrivna på ett språk som Vera inte talade. Den andra hälften innehöll avancerade termer såsom biologi, astronomi och antropologi. Det fanns ingen skönlitteratur och ingen poesi. Far var endast intresserad av kunskap i sin renaste form. Allt annat var onödiga distraktioner.

I mitten av rummet var ett skrivbord beläget och ovanpå ett tänt stearinljus. En liten droppe rann ned längs kanten. Bredvid låg en läderinbunden journal uppslagen. Skrivet i fars välskrivna handstil. Inlägget på sidan var skrivet den 23:e December 1931, drygt ett halvår sedan.

På sidan stod två stycken namn, ålder och en sorts kategorisering för de två individerna.

Tore Rönnblom – 15 år – typ 2a

Freja Rönnblom – 15 år – typ 2b

"Jag tror att du vill se det här." Vera vände sig mot Tore. "Du har en syster som heter Freja, eller hur?"

"Ja, hur visste du det?"

Tore gick in i rummet, Vera gav honom journalen. Pojken tycktes bubbla igenom texten oerhört snabbt, men efter en kort stund tittade han upp med en frågande min på ansiktet.

"Kan du läsa åt mig?"

"Vadå, kan du inte läsa själv?"

Ett omedvetet flin klädde Veras läppar.

"Nej, jag fick aldrig lära mig…"

Aldrig skulle Vera gissat att Tore var illitterat. Hon hade tagit det för givet att alla människor i denna värld kunde tala det språk som de talade. Far och Mona hade rätt i deras tjat att hon ständigt skulle utveckla sin läs- och skrivförmåga. Hon tog tillbaka journalen från Tore och läste högt.

"Det har mig alltid varit en dröm att få lägga till två tvillingar i min samling, framförallt när flickan är så söt som denna. Tyvärr måste arbetet gå först.

Min tanke var som följer. Använda pojken som *Visionär* och flickan som *Tolk*. Transformationen gick som planerat, men vid extraktion av pojkens visuella sinne gick någonting hemskt fel. Flickan gick in i ett tillstånd av hjärtarytmi vilket resulterade i en hjärtinfarkt.

Min hypotes är att bandet mellan tvillingar är starkare än något traditionell litteratur har pekat på. En vecka efter operationen och flickan har ej återfått sitt medvetande. Utan andra alternativ skjuter jag upp deras fall till ett senare datum."

Vera bläddrade vidare.

Nästa sida beskrev en mer detaljerad operation av en man vid namnet Gunnar Lönn, 43 år gammal och tillhörande gruppen 1a. Tydligen hade far opererat bort mannens sinnen i ett försök att göra honom till en så kallad *Profet*.

Vera kunde inte tro på det hon läste. Hon la journalen åt sidan och tittade på Tore.

"Är din syster okej?"

"På sätt och vis, hon är hysterisk, men vid liv. Det var hon som skickade mig för att finna dig. Vi hade inte träffats på flera månader, du är allt hon bryr sig om."

"Varför då? Vad gör mig så speciell?"

"Jag har faktiskt inte en aning. Hon kallar dig för en ljusbringare, vad nu än det betyder."

Bakom hördes ljudet av hur en bok föll ned från en hylla, följt av två lätta steg. Vera tog ett par steg in bakom en av hyllorna och såg hur en liten flicka med tovigt hår försvann iväg bakom möbleringen.

Vera skyndade sig tillbaka till dörren där Tore satt på golvet med flickan i ett strupgrepp. Han reste sig upp och lyfte upp flickans kropp framför sig. Han tog sig en mer noggrann titt och slängde ned flickan på golvet. "Hon har inget ansikte, lika bra vi avslutar hennes lidande här och nu."

Från sin ficka tog Tore fram ett underligt järnrör. Föremålet såg ut som en sådan där bajonett soldater använder sig utav, fast betydligt mindre. Han hukade sig ned på knä och drog tag i flickans krage. Vapnet höll han högt. Redo att slå till.

"Vad gör du? Hon är ju ett litet barn!" röt Vera som hon sprang fram och drog undan Tore.

"Hon är inget barn längre. Din far har givit hennes liv till demonerna. Hon är ett monster som du själv skulle säga."

Vera hjälpte flickan upp på hennes ben och la sina armar kring henne. Flickans ansikte var förstört ned till grunden. Inte nog med att någon hade tagit hennes ögon. Flickans näsa var manglad och hennes hår täckt av gröngult vax. Vera visste inte vart hon skulle fokusera sin blick. Utan ett ansikte, det var svårt att se flickan som en person.

"Mamma," snyftade flickan.

"Hon vill ju bara tillbaka till sin mor!" En känsla Vera själv kunde relatera till.

Tore grubblade fram en fras fylld med svordommar. Sitt vapen höll han kvar vid. Vera tog tag i flickans hand och ledde henne ut ur rummet, ned till den andra våningen. Det var ingen fråga om saken, först den gråtande kvinnan och nu detta barn. Det måste finnas en koppling mellan dem.

Som de kom allt närmare fars sovrum sa flickan sin fras allt högre. *Mamma, mamma, mamma!* När de kom fram, öppnade Vera dörren. Flickan sprang in och blev omfamnad av sin halvdöda moder. Båda helt överkomna av lycka. Flickan skrek i extas som modern både skrattade och grät. För ett ögonblick stod Vera kvar och såg på. Hon tvingade sig att känna en sorts glädje för dem. Återförenade efter vad som måste ha varit en lång period, men vad hade de egentligen att se fram emot? Två halvdöda vålnader, endast döden väntade i deras framtid.

“Tack flicka!” snyftade modern. “Tack för att du fört min Karolina tillbaka till mig.”

“Ingen orsak,” sa Vera och slängde igen dörren.

Bakom henne stod Tore, lekandes med sitt vapen. Han snurrade omkring den mellan sina fingrar, en enkel rörelse, men icke desto mindre, en rörelse han måste tränat på länge. Han tycktes göra det helt utan att tänka.

“Är du nöjd nu?” frågade han snävt.

Tillbaka vid trappan där de först möttes. Lutandes över relingen, i månljuset såg Vera hur monstret strök omkring i en cirkel. Och borta från matsalen hörde hon hur en skara människor sjöng och skrattade till ljudet av någon som spelade på en violin. Det lät som att ett kalas blivit anordnat. Tore vid hennes sida. Även han granskade monstrets rörelse.

"Vänta här," sa han och smög nedför trappan.

Vera hörde hur Tore nådde de knarrande stegen längst ned i trappan. Hon såg hur hans skugga växte sig större bakom monstret, hur han helt utan hämning körde in sin dolk i monstrets rygg och sparkade till mot dess vad. Monstret förlorade sin balans och i en väldig duns föll det framåt. Tore hukade sig ned på knä, drog tag i monstrets krage och borrade in sin dolk i monstrets ögonhåla. En gång genom den vänstra gropen, sen i snabb följd den högra öppningen.

Kampen var över på nolltid.

"Kusten är klar, kom ned!" ropade Tore.

Vera tvekade. Den vålnad hon hade trott var ett monster var i själva verket ytterst trög. Den här Tore däremot, han var snabb på sina fötter och verkade ha ett sinne för mord.

"Kom ned hit sa jag!"

Vera gjorde som han sa, sakta gick hon nedför trappan. "Var du tvungen att döda honom?"

"Han var redan så gott som död. Jag gjorde honom bara en tjänst," sa Tore, fylld av energi.

Liket från den ansiktslösa mannen låg raklångt på golvet. Trots att han inte hade ett ansikte, trots att han inte hade en röst. Hans lik skrek av rädsla.

Tore pekade mot farstun.

"Det här är vägen ut, eller hur?"

"Ja, men jag kan inte gå än. Inte utan far och Mona!"

"Jag lovade Freja att föra dig till säkerhet."

Tore tog tag i Veras arm och drog med henne mot farstun. Vera drog emot, men Tore var stark. Vansinnigt stark. Deras kamp resulterade i att Veras blusärm revs sönder. Tore brydde sig inte det minsta. Han lyckades dra med henne till ytterdörren när en, vid det här laget, bekant röst hördes bakom dem. *Mamma*!

"Inte hon igen," muttrade Tore och släppte taget om Vera. Han tog upp sitt vapen och gick bort mot trappan. Karolina skyndade sig ned. När hon endast hade ett steg kvar tog Tore tag i flickans arm och plockade upp henne.

"Gör det inte!" röt Vera.

Tore ignorerade henne tvärt. Med Karolina i sin famn och dolken i sin hand angrep Tore sitt offer. Hans dolk var det perfekta verktyget för jobbet. Som med den ansiktslösa mannen, utan hämning körde Tore in sitt vapen i Karolina. Inte genom hjärnan denna gång. Med en endaste rörelse körde han in sin dolk i flickans hals och som vapnet gick igenom flickans inre drog han borta hela hennes huvud.

"Motus ad infinitum," viskade Tore i Karolinas öra, innan han drog ut vapnet ur det som kvarstod av hennes överbyggnad.

Fylld med ännu mer energi. Tore reste sig upp och tog tag i Veras arm. Han tvingade ut henne igenom farstun. Låset för ytterdörren öppnade han i en singulär rörelse för att sedan slå upp dörren.

"Det är din tur nu," sa Tore. "Åh vad roligt vi ska ha det du och jag." *Samma raspiga, förstörda röst Vera hade hört i tornet.*

Täckt i månens ljus. Tores gråbleka hy glänste som porslin. Han drog med Vera nedför vägen ledande mot Hälsing.

"Släpp mig!" vrålade Vera igen och igen.

Med sin fria arm slog hon Tore rakt mot hans njure. Tore verkade inte känna någon smärta.

Gång på gång försökte hon slå sig fri och mot alla odds stannade Tore och släppte taget om henne.

"Var inte upprörd," sa han med samma vemodiga leende som när han hade talat om sin moder. Han sa någonting till, men Vera hade hört nog. Hon tog tillfället i akt och slog pojken rakt över hans näsa.

Vera sprang tillbaka in i huset och smällde igen dörren. Med händerna skakandes rörde hon sig efter låset, men fingrarna ville inte lyda hjärnans direktiv.

"Lås dörren!" vrålade Vera åt sig själv.

Rent mekaniskt, uppfyllde fingrarna hennes önskan.

"Som du vill," lät en raspig röst bakom henne.

Vera vände sig om, men såg ingen alls.

Från matsalen spelade musiken och människor sjöng som att det vore deras sista kväll vid liv. Det var ett ljud Vera aldrig hade hört i sitt hem. I ett språng tog hon fart och sprang bort mot vardagsrummet. Musiken blev högre och alltmer kaotisk. När hon stod utanför dörren hördes inget annat än de många stämmorna av sång och såklart, den dånande violinen.

Vera tänkte igenom det hela och bestämde sig för att inte gå in. Istället gick hon bort till den lilla korridoren som ledde raka vägen till köket.

Borta vid ugnen stod en läskig typ. Svårt att se, men hans ansikte tycktes frånvarande. Inte för att det fanns någonting att frukta, så dumma som Tore fick dessa vålnader att framstå.

Långsamt smög Vera vidare in till skafferiet där ljudet från musiken och sången avtog. För första gången sedan hon vaknat, kände Vera att hon faktiskt var i sitt hem. Det här var tyvärr inte tiden för nostalgi. Eftersom generatorn var avstängd var det förmodligen kolsvart nere i laboratoriet. Vera letade rätt på en lykta och en flaska med fotogen.

I skafferiet låg även fars axelbandsväska.

Olikt honom att bara lämna sina saker utan uppsyn.

Äsch. Vera klagade då inte.

Hon plockade upp väskan och dumpade dess innehåll på golvet. Till mesta delen fylld av papper. I botten låg även en spruta och en liten behållare som innehöll en grönaktig vätska.

Ingenting Vera hade använding av. Hon la ned sitt bränsle i vätskan och såklart en ask med tändstickor.

Ifall hon var tvungen att spendera en längre tid nere i laboratoriet ville hon verkligen inte gå utan ljus.

Till sist tog Vera också det viktigaste av köksredskap. En kniv. Den allra största av knivar!

Jämfört med Veras hand såg den ut som ett svärd. Ett sådant svärd som kunde användas för att dräpa drakar, men hur bisarrt allt än verkade. Vera tvivlade på att hon skulle finna några drakar där nere. Hon tog sig an en kökshanduk, vek den varsamt kring sitt svärd och la ned vapnet i sin packning.

Nu var hon redo att ta sig an Hades själv om han vågade visa sitt fula tryne, men först var hon tvungen att ta sig an det fula trynet i köket. Vera gick in i köket och observerade honom stå där. Inte alls hotful, snarare tillfreds, lite lätt svajandes till musiken. Ingen som helst fara. Hon lät honom förbli och istället, mot bättre vetande, bestämde sig Vera för att ta en snabb titt in i matsalen. Hon öppnade dörren försiktigt och på avstånd kikade hon in. Vem som spelade musiken kunde hon inte se, men i sitt synfält såg hon flera skepnader. Vissa talade med sig själva och andra med varandra. De var alla upptagna med sitt kalas.

Vera tog ett steg närmare.

Hon gick tillräckligt nära för att höra en diskussion mellan två individer som stod på andra sidan dörren. Vera kunde inte se, men hon hörde.

"Tillvarons innersta väsen," sa en individ med en skrovlig stämma.

"Struntprat," sa en mer mjuk röst.

"Tillvarons väsen då?"

"Jag förstår inte."

“Ja, men du vet. Tillvaron!”

“Helt irrelevant.”

“Okej, men jag då?”

“Där har du en poäng.”

Vera förstod inte vad de pratade om, men vad de än hade att säga hade ingen betydelse. Lät mest som meningslöst pladder. Förövrigt hade hon sin familjs överlevnad att tänka på. Det enda av intresse fanns en våning ned, nere i laboratoriet.

Stegen låg dold under en matta. Vera rullade upp den tillräckligt för att öppna falluckan. Precis som hon hade anat, lamporna var släckta. Vera fyllde upp sin lykta med fotogen, tände bränslet och klättrade ned. Sitt ljus i ena handen, tyngden av henne själv i den andra.

Källaren och tornet var allt som återstod av det slott som hade stått på denna plats för länge sedan. De grå väggarna hade säkert sett mycket i sina dagar. Undrar vad de skulle ha sagt om de hade en röst.

Vera behövde bara gå ett fåtal steg genom källaren för att utanför dörren till själva laboratoriet bemöta ett vidunder. Ett vidunder ihopsatt av vad som måste varit lemmarna från ett flertal individer, grovt hopsydda på en överbyggnad som knappast kunde vara mänsklig.

En krabba gjord av kött, muskler och fett. Inte alls som vålnaderna där uppe. De verkade ha ett syfte, en kvarglömd gnista av liv. Det här vidundret å andra sidan. Om något var det ett skämt, ett hemskt dåligt skämt.

Vera sträckte sig över krabban för att nå dörr-handtaget. Inte en chans. Dess storlek var alldeles för massiv. Antingen kunde hon krypa, knuffas eller klättra. Hon försökte med all sin styrka, trycka undan vidundret, hennes händer grävdes in i överkroppens fett, men den flyttade sig inte det minsta. Även ifall Vera skulle varit vuxen skulle hon haft svårt att förflytta vidundret. Lemmarna måste ha vägt flera hundra kilo, för att inte tala om överkroppen.

Inte skulle Vera krypa. Då skulle hon bli mosad under vikten och så småningom bli assimilerad av vidundret. Hon tog istället tag i en av armarna hopsydda rakt ovanpå överbyggnaden och klättrade upp på vidundret. Hennes fötter sjönk ned ett par centimeter som hon satte sig ovanpå.

Vidundret gjorde ett morrande läte under hennes fötter och för varenda sekund hon satt där blev det högre. Vera sträckte sig efter handtaget i hopp om att dörren för en gång skull inte var låst.

Handtaget gick ned, men dörren var fast.

Sittandes i sin besvärliga position. Vera tillsatte hela sin egen vikt, likaså vidundret. Dörren gick upp och Vera föll ned på golvet inne i laboratoriet.

I ett sus reste hon sig upp på sina ben och tittade tillbaka på vidundret.

"Tack!" sa hon med ett smil.

Vidundret kom inte med något svar. Inte för att det hade en mun att tala med. Dock tycktes det röra på sig. Sakta pressade det sin massiva kropp genom dörren. Vera visste inte om hon tyckte synd om vidundret eller om hon var äcklad.

Förmodligen en kombination.

3.

Om det inte vore för lyktans ljus hade det varit beckmörkt inne i laboratoriet. Det här var inte den del där far genomförde sitt arbete. Här fanns bara ett ensligt skrivbord, en stol, några skåp såväl som en dörr på den motsatta sidan. Vera gick fram till skrivbordet för att se ifall far hade lämnat efter sig något av värde, när hon nästan snubblade över Mona. Hon satt ned på golvet, vilandes mot skrivbordets kant, medvetslös.

Vera tog tag i Monas axlar och försökte skaka liv i sin fars älskarinna.

"Vad är det som har hänt?"

Mona svarade med obegripligt mummel.

"Du måste vakna!"

Lite hårdare tog Vera tag om Monas axlar.

"Doktorn och hans fru..." muttrade Mona.

"Hans fru? Mor!"

"Ja... doktorn och hans fru..."

Återigen föll Mona in i medvetslöshet.

Med iver rinnande genom fingertopparna, Vera försökte återigen skaka liv i Mona. Hon upptäckte nu att Mona blivit sårad, på hennes högra överarm var klänningen täckt av torkat blod.

Vera satte sitt öra mot Monas bröst och lyssnade efter ett tecken att hon fortfarande var vid liv.

Visst fanns det där, ett slående hjärta, en anda, en levande rytm.

“Oroa dig inte, hon kommer att överleva,” sa en monoton stämma bakom dem. Vera vände sig om och där stod Gabriel. Vålnaden som hade väntat i Veras sovrum.

“Hur kan du veta det?”

Gabriel gick fram till dem, böjde sig ned och slet sönder ärmen på Monas klänning. I ljuset av Veras lykta inspekterade han såret. “Blodet har redan koagulerat. Det finns en risk för infektion, du har dock viktigare bekymmer. Ödsla ingen mer tid här.”

“Jag kan inte bara lämna henne.”

“Jag ser till att hon blir kry. Gå nu, dina föräldrar har redan hunnit en bra bit.”

“Mina föräldrar? Mor!”

Som med blixten flög Vera iväg och slet upp dörren som ledde ännu längre in i källaren.

Rummet därpå, en korridor med två dörrar på vardera sida och en större dörr lite längre fram. Vera visste inte var hon skulle börja, ingen tid att tänka igenom det hela. Hon for in genom dörren vid hennes vänstra sida. Ett förvaringsrum, eller snarare en återvändsgränd. Likaså rummet på motsatta sidan. De var fyllda av lådor med kirurgiska instrument samt andra förnödenheter. Spriter, tyger och flaskor märkta med olika etiketter.

Det tredje rummet var fyllt av vattendunkar, men det fanns även ett antal skjutjärn placerade prydligt inne i rummet. På väggen hängde två gevär och liggandes på ett bord, en revolver. Varför far skulle behöva sådan eldkraft förstod inte Vera. Hans patienter verkade ju inte bitas. Ja, förutom den där pojken. Tore Rönnblom.

Det fjärde rummet var rakt igenom groteskt. Ytterligare ett förvaringsrum, men här fanns ingenting för att rädda liv. Bara död och elände. På hyllorna fanns ett antal stålbehållare märkta med personers namn. Vera ville inte föreställa sig vad de innehöll. Ännu mer oroande var de glasburkar som innehöll en grönaktig, transparent vätska, tillsammans med det mest intima av sinnen. Ögon. Framförallt så fanns det ett stort urval av bruna ögon, allt från mörka, nästan svarta, till mer av en guldbrun färg. Det fanns knappt några blå och inte ett endaste par gröna. Milou hade gröna ögon.

För mycket tankar for omkring i skallen för Vera att hantera. Allt hon egentligen ville var att slita ned behållarna och krossa dem mot golvet, men vad om personen som de tillhörde fortfarande letade efter sina ögon? Varenda par hade ju varit en del av en människa.

Den sista droppen kom när Vera fick syn på tre stora behållare som stod i den bortre änden av rummet. De innehöll foster, inlagda i samma sorts grönaktiga substans som ögonen. Två av dessa foster var oerhört små, de minsta barnen Vera någonsin sett. De hade utan tvekan dött innan de ens fått en chans att födas. Vera tröstade sig med tanken att de dog innan de blivit gamla nog att känna smärta och förlust.

Det tredje fostret var någonting Vera aldrig skulle släppa. Egentligen inte ett foster, det såg ut som två småbarn hopsydda på en kropp med fyra armar och två ben. Barnet såg nästan naturligt ut, deras skallar var i perfekt proportion till varandra, vilandes ovanpå en tjock nacke. En noggrannare undersökning avslöjade dock att någon hade sytt på skallarna på kroppen.

Vera hade sett nog. Det var bara ett slöseri av tid att leta igenom dessa meninglösa, avskyvärda rum. Det fanns bara en väg framåt. Rakt på.

Vera gick igenom korridoren och kom fram till ett rum, lågt i tak, men lika brett som det var långt. Som ett sorts galleri, överallt runt henne stod en massa dockor. Både stora och små. Vissa var en fullvuxen människas storlek, andra var i Veras höjd. Det fanns även ett antal lika små som Milou. Alla var lika autentiska som Milou för den delen. De större dockorna såg på fläcken ut som verkliga människor. Den enda skillnaden var att de alla såg lite för perfekta ut. Deras hår perfekt klippt, deras kläder i perfekt skick och deras ögon, det kunde inte vara annat än riktiga ögon.

Hade Vera varit några år yngre skulle det här varit hennes dröm, en stor dockaffär under hennes hem, men att faktiskt få se vad far arbetade på här nere. Vera hade viktigare saker att tänka på.

Längre fram såg Vera två profiler som stod ut från dockorna. Den ena en kvinna, den andre en man.

Mor och far!

Vera sprang fram till dem.

Far stod ned på knä, hans ögonlock stängda.

Mor ståendes framför honom, klädd i en grå klänning. Hennes käkben och hennes långa, ljusa och stiligt kammade hår fanns där för att vittna om hennes förgångna skönhet. Hennes klarblå ögon däremot, hade blivit ersatta av ett grönt par, som hos Milou, men det här var ju mor! Inte en docka!

"Vad gör du här?" frågade mor som Vera sakta närmade sig dem.

“Jag kom hit för att rädda far!” sa Vera.

“Vi har ju pratat om det här.” sa mor. “Du får aldrig vistas här nere. Det är för farligt!”

“Men… vad ska jag annars göra? Jag kan inte leva utan er. Jag kan inte leva utan honom.”

“Du kan inte leva här heller. Jag vill att du väntar på ditt rum tills morgonen gryr. Gör sedan din väg till Hälsing. Leta upp deras polishus och berätta för dem. Berätta för dem vad du sett här ikväll.”

Vera bara stod där, hennes blick fokuserad på golvet. Hon kunde inte bärga sig själv till att se sin mor i ansiktet, men som hon stod där, gick mor fram till Vera och tvingade sin dotter till ögonkontakt. Där inne, i mors onaturligt gröna ögon såg Vera en gnista, en flamma, en glimmande juvel.

“Gå upp till ditt rum. Jag har skickat en kamrat att hålla dig sällskap medan du väntar.”

“Jag kan inte. Förstår du inte att…”

Mor ignorerade sin dotter. Allt hon behövde var att nudda far för att få honom att resa sig. Tillsammans gick de vidare in i laboratoriet.

Vera stod ensam kvar och stirrade som de försvann.

Var det allt mor hade att säga?

Efter att inte ha träffats på så länge.

“Du kan inte lämna mig här!” ropade Vera. Ilskan fick hennes röst att svaja.

För en sekund stannade mor. Hade Vera fått henne att känna någonting? Kanske en del av mor fortfarande fanns kvar där inne. Mammas själ, om den någonsin existerat. Den borde väl ha överlevt döden?

Paralyserad av alla vimlande tankar. Veras förnuft återkom när hon såg att hennes föräldrar redan hunnit till den andra sidan av rummet. Tillsammans gick de igenom en stor port, gjord av samma gråsten som resten av laboratoriet.

Vera tog ett språng och försökte hinna ikapp. Men ett par meter från hennes mål, slogs porten igen.

"Satans djävla skit!" skrek Vera. Det bara brast ut ur henne. Far hade varit tydlig att inte använda sådana ord för att uttrycka ilska. Det var bättre ifall man sparade på sina känslor och uttryckte dem när man hade tid.

Ännu fanns det en person kvar i Veras liv. Mona. Mor hade alltid varit elak mot Mona, men far hade lovat Vera gång på gång att om hon behövde hjälp, Mona fanns där. Dag som natt.

Annars kunde Vera alltid be.

Hon föll ned på knä och slöt ihop sina händer. "Gud, jag vet att jag ber till dig på tok för lite, men jag behöver din hjälp. Snälla… snälla ge mig min far och mor tillbaka. Om det här var en sorts prövning…"

"Att be om saker och ting får inget att hända." Gabriels monotona röst. "Det finns inte någon gud som kan hjälpa dig här nere."

"Och hur kan du veta det? Om det finns någon som kan ställa allt till rätta, då måste det vara gud. Knappast är det jag."

Ett leende tog form på Gabriels läppar som han långsamt närmade sig Vera. Den här vålnaden var då inte en vän. Hon reste sig upp, gick fram till porten och kämpade med att få upp den.

Vera sprang genom rummet därpå. Det var liksom förra rummet, gigantiskt. Inte så mycket till höjden, men bredden måste sträckt sig bortom huset. De enda objekten i rummet var två operationsbord, täckta av tyger, nedfläckade av både blod och en illaluktande sörja. Gröngul till färgen och med en stank som påminde om ruttet kött blandat med klor. Att båda borden var bestyckade med remmar fick Vera att genom gå en regnbåge av känslor.

Halvvägs genom rummet snubblade Vera.

Hennes hjärta slog upp i taket som hon plötsligt befann sig ansikte mot golvet. Som hon kände på sin näsa ifall hon blödde, kände Vera endast svett rinna nedför hennes panna. Hon hade inte insett hur långt hon redan sprungit.

Hon reste sig upp och riktade lyktan mot platsen där hon föll. Vera blev inte ens förvånad när hon såg att det var ett mänskligt huvud som fått henne på fall. Ansiktet nedvänt mot golvet. Dess hår var flottigt och den reva där den suttit fast vid en kropp, var täckt av vax.

"Fröken Vargande, vad roligt att snubbla på dig så här, eller ja. Tvärtom."

Vera brast ut i skratt. Se här! Ett talande huvud.

"Jag skulle dock antyda att det är taskigt att skratta," fortsatte huvudet. "Det där gjorde faktiskt ont!"

Vera kämpade för att hålla tillbaka sitt skratt. Hon bara såg på som huvudet babblade ut gojja.

"Seså! Stå inte bara där och glo. För bövelens skull människa, säg något!"

Vad i hela friden kunde Vera säga?

"Hur vet du vem jag är?"

"Det kommer inte förbi så många som du, jag antog att du måste vara doktorns dotter."

"Och vad vill du mig?"

"Ingenting… fortsätt på din väg du." Huvudet gjorde ett ljud som endast kunde likna sig vid en misslyckad suck. "Eller jo förresten, det finns en sak. Det är lite pinsamt, men jag tycks ha förlorat min kropp, eller snarare. Min kropp har förlorat mig!"

Huvudet försökte med hjälp av sina läppar räta till sitt läge. "Du kan väl ta en titt i den bortre änden? Jag såg hur han var på väg dit innan han försvann ur mitt synfält."

Vera tog ett varv genom rummet. Lite längre bort hördes ljudet av knackningar. Dova, men höga i jämförelse med den ilande tystnaden. Dessa väggar ville tydligen tala.

Kroppen var kvar, ståendes på knä med sina armar utsträckta i ett försök att omfamna väggen. Den förde sitt skrev fram och tillbaka mot väggen. Som Vera närmade sig, vände sig kroppen och och började föra sin rumpa i takt, fram och tillbaka, mot väggen.

Nu lät knackningarna högre.

"Hallå! Är du kvar där borta?" ropade huvudet.

Vera bet sig själv i tungan. Allt hon egentligen ville var att följa efter sina föräldrar, men hon kunde inte överge hennes nyfunna vän.

Hon gick tillbaka till huvudet.

"Din kropp har förälskat sig i en vägg," sa Vera.

"Förälskad i en vägg? Inte min kropp, nej nej. Jag tillåter det icke. Ta dit mig, jag kan reda ut honom."

Vera tänkte igenom det hela. Huvudet var täckt av grönguIt jox. Inte nog med att han var äcklig. För allt Vera visste kanske substansen var skadlig. Istället för att plocka upp huvudet försökte hon tänka ut ett sätt att leda dit kroppen.

Huvudet var med på noterna.

"Seså, jag bits inte."

"Nej, men du är äcklig. Jag vill inte ta på dig."

Huvudet svarade med en tystnad.

"Du är elak," brast han sedan ut. "Har du en aning om hur det känns att ligga på ett kallt golv medan alla du känner, njuter av sin sista tid vid liv?"

"Ni är väl inte vid liv?"

"Jag ligger ju här och önskar bli återförenad med min kropp. Är inte den önskan liv nog för dig?"

Ingenting verkade förnuftigt längre.

Motvilligt plockade Vera upp huvudet i dess flottiga hår. Med rappa steg bar hon det tillbaka till kroppen som fortfarande utövade sin ritual. Så fort huvudet kom nära, stannade kroppen, for upp, rak i ryggen och sträckte ut sina händer. Vålnaden hade utan tvekan varit rik i sit tidigare liv. Till skillnad från de andra vålnaderna Vera hade sett, som alla var klädda i grå trasor, så var denna klädd i en mörkbrun kostym gjord av linne. Vera räckte över huvudet till kroppen.

"Det var väl inte så svårt," sa huvudet. "Ska du med upp och dricka ett glas eller två?"

Vera skakade på sitt huvud.

"Vad ska bli av dig då?"

"Jag måste finna mina föräldrar, sen måste ni monster försvinna härifrån."

Huvudet bredde ut ett leende på sina läppar och med hjälp av sina händer skakade kroppen på sitt huvud. "Det stämmer att vissa av oss är vad du skulle kalla för monster, men de var monster långt före din far fann dem. Andra har genomgått sådan intensiv smärta att…"

"Att vadå?"

"Du får finna din svar själv, fröken Vargande. Jag kan omöjligen förklara det som jag själv inte erfarit, men håll dig borta från änglarna!"

"Änglar, du menar de där demonerna?"

"Jag har själv bara hört rykten," sa huvudet och blev tyst. Hans leende var inte längre där, men på ett ögonblick var det tillbaka. "Ursäkta mig fröken, men det är upp till din far att ge dig svar. Jag tackar så hjärtligt för din hjälp, men jag ska på en fest fylld med fruntimmer som bara har en natt kvar i denna värld."

Kroppen släppte sitt huvud för att fixa till sin slips. Att ens kalla den för knuten från första början var att gå till överdrift. Snarare en slemmig röra av tyg och tråd.

"Djävla idiot alltså!" vrålade huvudet. "Hur kan man vara så djävla korkad?"

Vera kunde inte hålla sig själv från skratt, även i den mest miserabla av situationer gick det att finna humor.

Vemodet kom tillbaka när hon fick syn på huvudet som återigen låg med ansiktet nedvänt mot golvet. Men hur mycket sympati Vera än kände, hon kunde inte hindra sitt ändlösa garv. När huvudet började snyfta tog hennes samvete över.

"Ursäkta! Jag menade inte att skratta åt dig."

“Ingen anledning att be om ursäkt,” sa huvudet som Vera plockade upp honom och åter räckte över huvudet till sin kropp.

“Jag inser att det här måste verka rätt underligt.”

De stod och skrattade åt deras delade situation. På blott ett par ögonblick hade en minut runnit förbi.

“Det är nog bäst för mig att gå nu,” sa huvudet.

“Jo samma här, jag måste hitta mor och far.”

Huvudet slängde en längtande blick mot porten bakom Vera.

“Ta det försiktigt här nere. Jag skulle skaka din hand, men jag vill helst undvika en till olycka.”

“Tack… men det är bra. Du har fortfarande inte berättat vad du heter.”

“Dumheter, jag har inget namn.”

“Alla har ett namn.”

“Du kan kalla mig för Jon,” sa huvudet som kroppen som smått sprang iväg.

Vera stod kvar och såg på medan Jon, allt snabbare för varenda steg sprang iväg från henne. Bubblande, om så bara ytligt var idén att göra detsamma. Strunta i allting, fly iväg och glömma bort hennes liv. Det hade varit omöjligt. Vera hade en bättre chans att bara fortsätta.

Endast en väg framåt, en port vid den bortre änden av rummet. Likt porten hon precis passerat, den var gjord helt av sten, men i denna sten var ett antal emblem ingraverade. Samma sorts emblem som gick att finna vid bostadens ytterdörr. Treuddiga stjärnor täckte porten från golvet upp till taket. Placerat högt på porten var ett järnhandtag.

Med armarna sträckta ovanför sitt huvud tog Vera i så hårt att hennes muskler värkte. Hon hade svårt att ens nå upp till handtaget, ännu mindre kunde hon uppbåda den kraft som krävdes. Hur mycket styrka hon än satte i. Porten var fast.

"Förstår du hör löjlig du ser ut?" sa en röst.

Vera ryckte till och vände sig om.

Ingen där.

"Visa dig!" röt Vera.

"Förstår du inte att jag är du?"

"Lögner, försvinn från mig!"

"Du måste lyssna till ditt förnuft!"

Ju mer Vera kämpade med att få upp porten, ju mer vaknade hennes verkliga förnuft till liv. Antingen så var porten låst eller så var den för otymplig för Vera att öppna på egen hand. Hon borde bett Jon om hjälp innan han for iväg. Vera kunde ha burit hans huvud medan kroppen öppnade upp vägen för henne.

Om du verkligen är mitt förnuft. Säg mig hur ska jag ta mig vidare?

"Ta sju steg åt höger."

Rösten kunde faktiskt höra henne. Frågan var bara om den ville henne illa eller väl, om den talade sanning eller ljög. Vera visste inte vad hon skulle tro. Inom henne kröp en förnimmelse, en känsla som inte hade en röst, men likväl sa mer än tusen ord.

Vera gjorde som rösten sa och gick sju steg åt höger. Hon tittade upp mot väggen och till hennes förvåning fann hon en stege som ledde hela vägen upp till en fallucka.

"Jag vill vidare," sa Vera. "Inte hem igen."

"Jo, det är dags för dig att sova, drömma så sött."

"Kan inte du bara vara tyst?"

Rösten skrattade, så högt att det ekade i rummet. Vera suckade. Med lyktan i ena handen, hennes kropp i den andra. Vera klättrade långsamt upp. Stegen var iskall och förstörd av rost. Under andra omständigheter var hon inte alls en höjdrädd person, raka motsatsen, höga höjder fick henne att känna sig stor. Att hänga från den rostiga stegen. Raka motsatsen till storhet.

Inom kort var Vera dock högst upp.

"Hoppa!" sa rösten. "Det är dags att vakna!"

Vera ignorerade rösten så gott det gick. Istället fokuserade hon på att få upp falluckan. Med så mycket kraft hon kunde uppbåda tryckte hon till mot luckan. Den satt fast emot någonting, som att den var låst. Hon försökte en andra gång, ingenting hände. Den där nedrans rösten ljög. Det här var ingen väg ut!

Hon försökte en tredje gång och som att det vore magi, luckan öppnades. En massa jord föll ned i hennes ansikte. Vera höll på att förlora fotfästet, och tappade nästan sin lykta, men hon klamrade sig fast i stegen och släppte inte taget.

Den sista biten tog Vera sig över med lätthet. Hon blev förvånad att se falluckan var placerad rakt i en av Monas rabatter. Aldrig skulle hon ha anat att det fanns en öppning till laboratoriet där. Allt hon visste var att hon nästan befann sig vid sin favoritplats i hela universum.

Vera gick bort till sin björk och funderade på att sätta sig ned, om så bara för en sekund, om så bara för att irritera hennes röst.

En fridfull sommarnatt för att säga det minsta, en ljummen ton i luften och inte ett moln på himlen. Allt som gick att se var månen och dess dova ljus, samt så klart de ljusröda stjärnorna, för många för att räkna. Att faktiskt försöka lät inte som en dum idé. Det skulle ha varit ett perfekt slöseri av tid.

Tid som Vera inte hade råd att förlora.

Borta från skogen hördes syrsornas läte, men även rösten av ett litet barn.

Mamma, mamma, mamma!

"Det är ett monster," röt rösten. "Gör dig redo!"

Lite längre ut i skogen syntes gestalten av en pojke. Som med Karolina tidigare. Hans ansikte fanns inte där, men i det mörker som täckte hans ansikte såg Vera ett ljus.

"Här borta!" ropade Vera.

"Ta upp ditt svärd," sa rösten.

Vera gick ut i skogen och närmade sig pojken.

"Mamma…" sa pojken igen. Han vände sig bort från Vera och sprang iväg från henne, ut i skogen. Vera följde efter så gott hon kunde, men pojken var snabb. Vansinnigt snabb.

"Inte ut i skogen, dumma flicka!" röt rösten.

Pojken klättrade upp i en gran.

Vera stannade till och tittade upp mot pojken. Han satt på en gren och log, Vera kände hur musklerna i hennes ansikte utvidgades, hur hon ovilligt log tillbaka. Hon la ned sin hand i väskan och grep tag om kniven, hennes svärd. Det redskap hon hade svårt att lyfta med två händer, höll hon nu ovanför sitt huvud.

Hennes läppar ryckte till, ut kom en röst som inte var hennes egen. *Raspig och förstörd.*

"Motus ad infinitum," röt hon mot pojken.

Pojken hoppade ned från granen, han gick fram till Vera föll ned på knä och slog ut sina händer.

"Motus," sa pojken. "Motus ad infinitum."

Med en singulär rörelse svingade Vera svärdet mot pojken. Hans hals gav inget motstånd. Huvudet såväl som kroppen föll livlöst mot den jord som en gång burit honom. Vera återfann kontroll över sin kropp och med det tappade hon sin styrka såväl som sitt svärd.

"Du gjorde honom en tjänst. Hans liv var redan över. Skynda dig nu, du vill inte vara kvar här när solen vaknar till liv."

Vera hade ingenting att säga. Hon plockade upp kniven och gjorde sitt bästa för att inte titta på pojkens sköra kropp.

"Du har inte en minut att förlora."

"Tillbaka ned i källaren."

"Spring!" Fler röster hemsökte Veras sinne, värst var en som inte sa något. Den bara satt där, längre fram i skallen och andades tungt. Dess andetag skapade en vision, en yta där fåglar dansade omkring.

Inne i huset var det vålnader överallt. Vera gick upp till ett fönster utanför matsalen och tittade in. De såg hemskt lyckliga ut där inne, tillsammans med varandra.

Vera behövde någon vid sin sida. Med far borträknad fanns det bara en person att vända sig till. Mona. I största sannolikhet satt hon kvar i källarvåningens första rum. Gabriel hade sagt att hon skulle vara trygg, kunde Vera verkligen lita på det?

Jon hade frågat henne ifall Vera ville följa med på kalaset, kanske hon kunde fråga vålnaderna om hjälp?

"En ytterst dum idé, lilla flicka, en dum idé."

"Vad ska jag ta mig till då?"

"Leta rätt på den där suggan du kallar för syster."

"Mona?"

Rösterna skrattade.

"Eller du, vet du vad? Det är nog bäst att ge upp. Gå upp till ditt rum. Sov, lilla flicka. Sov!"

Vera knöt ihop sina händer och slog hej vilt omkring sig. Flera minuter gick förbi innan Vera gav upp. Dessa röster var där för att testa henne. Driva henne till vansinne. Hon skulle inte låta dem vinna.

Oväsendet från folkmassan hade ökat. Ett flertal läten av skratt, sång och ännu fler läten av hysteriska och annars bara känslofulla skrik. Vera gick in genom glasdörren in till köket. Vid dörren till matsalen, ståendes lite lätt på glänt, stod hon och beskådade kalaset. För att se så döda ut. Dessa vålnader förde ett avsevärt liv. De betedde sig som de flesta skulle i en liknande situation. De fyllde tiden med varandra. Många dansade till ljudet av violinen och stämmorna av sång, andra stod och pratade med varandra. De flesta hade leenden utbredda över deras ansikten. De som hade ansikten det vill säga.

Lite längre bort stod Jon. I sin ena hand höll han tag om sitt huvud samtidigt som han pratade med två vålnader. Relativt med de andra såg dessa livslevande ut. Deras ansikten var oberörda och deras hår vårdat.

"Gå inte in," sa en av rösterna.

"Det är dumt att utsätta dig själv för en sådan fara."

"Hur trevlig Jon än verkade. Tro oss, det finns många fula typer där inne."

"Håll käften!" röt Vera och slog upp dörren.

En av vålnaderna som dansade omkring mitt i rummet fick syn på Vera. Vålnaden stannade abrupt till och stirrade på henne. Inom kort blev de andra i rummet tysta. Varenda en av dem stod och stirrade. Hennes närvaro hade förstört stämningen.

"Det är doktorns dotter," sa någon.

"Finns hon på riktigt?" frågade en annan.

"Tydligt att hon gör," sa en tredje mer bekant röst. Det var Jon. Han tryckte sig fram genom folkmassan för att möta henne.

"Fröken Vargande, vad trevligt att du kom!"

"Jag kan inte stanna, jag behöver din hjälp."

En annan vålnad knuffade sig fram genom folkmassan. Hans kropp var lång och smal, hans ansikte fördärvat bortom räddning, men värst av allt var lukten han spred omkring sig. Som en blandning mellan urin, klor och ruttet kött. Vera försökte att inte andas med näsan, odören trängde sig in genom munnen.

"Det är doktorns dotter," sa den ansiktslösa.

"Ja, och hon har inte gjort dig illa," sa Jon.

Trots att vålnaden saknade sina ögon, hans blick var som fäst vid Vera. Det var som att han såg rakt igenom henne.

“Det är doktorns dotter,” sa han igen.

“Bort Daniel,” röt Jon. “Gå tillbaka till ditt hörn!”

Daniel slickade sig kring läpparna.

“Det är doktorns dotter.”

Bakom henne greppade en hand tag i Vera.

“Hon är min,” skrek en kvinnlig röst.

Rösten drog in Vera i folkmassan. Från alla håll uppenbarade sig händer. Flottiga och grova. De smekte Vera på nacken och kinden. De tog tag i hennes armar och ben, de drog henne undan. Bort mot alla håll. Vissa skrattade, andra grät.

En vålnad tog Vera för sig själv. Han förde upp henne i sin famn och kramade Vera hårt, alldeles för hårt. Luften blev tjock och alltmer illaluktande.

“Släpp henne, era dumma djävlar!” vrålade Jon. “Robert! Hjälp!”

En urladdning av energi susade genom luften. Som att en tjur hade blivit utsläppt i matsalen. Bakom Vera föll vålnader som brickor. Händerna gav vika och de armar som kramade om henne släppte taget. Vera föll ned på marken, men någon hjälpte henne upp på ben. En lång och kraftigt byggd vålnad, han saknade sina ögon, men hans hy var inte lika blek som de andra. Hans kinder hade fortfarande lite färg till sig.

“Kom med här,” sa vålnaden och tog tag i Veras hand, tillsammans med Jon gick de ut från matsalen, tillbaka in i köket.

“Robert, din armbåge är legendarisk,” sa Jon.

Robert slängde igen dörren efter sig.

"Jo, jag vet," sa han med ett flin över sina läppar.

Vera hörde hur folkmassan pratade om henne. Trots att dörren var stängd. Hon hörde hur de väste elaka ord. Beskyllde henne för fars experiment. Men varför ens bry sig om vad de hade att säga? De var inget annat än monster. Idiotiska monster.

Jon höll sitt huvud lågt, på Veras nivå.

"Så, fröken Vargande. Vad kan vi hjälp dig med denna afton?"

"Det är en stor dörr…" viskade hon.

"En stor dörr, okej."

"Jag behöver hjälp med att öppna den!"

Vera fann det svårt att koncentrera sig. Rösterna från matsalen blev allt högre.

"Vi vill ha Vargande, " skrek de i kör.

De bultade och slog på dörren. Till en början rätt svagt, men allt eftersom, hårdare och mer intensivt. Robert öppnade upp den åt dem.

"Håll klaffen era idioter. Annars vrider jag av era huvuden." Han stängde dörren, tittade på Vera och log.

"Du behöver hjälp med att öppna en dörr?" frågade Jon.

"Inte en dörr. Det är en port. Den är för tung."

"Du menar porten till kapellet? Ja, men varför sa du inte det?"

Jon höjde sitt huvud och tittade på Robert.

"Häng på, låt oss hjälpa tösen."

"Men Jon, det är inte så lång tid kvar!"

Med sin lediga hand klappade Jon till sin vän på axeln. "Vi kommer tillbaka på nolltid. Oroa dig inte."

"Okej…" suckade Robert.

Det var något med Roberts röst som fick Vera att tänka till över vad Jon sagt tidigare. Robert lät inte som en speciellt trevlig person, men han var vänlig nog att följa med Vera. Det sa mycket inte bara om honom, utan om Jon likaså.

Vera ledde de båda ned till källaren. Hon var beredd att tända sin lykta när hon såg att lamporna redan var tända. Hennes första tanke gick till Mona, hon måste ha vaknat!

Vera skyndade sig in laboratoriet.

Alla lampor var tända och Mona var borta. En blodig pöl kvarstod där hon en gång suttit. Gabriel måste väl ha talat sanning, han hade läkt henne. Eller kanske bara rövat bort henne.

"Fröken Vargande," sa Robert som han kom upp bakom Vera. "Om du ber om våran hjälp kan du inte bara springa iväg."

"Jag har inte så mycket tid," sa Vera.

"Jag och min vän här. Vi kommer vara borta så fort morgonen gryr. Utan din fars droger är vi så gott som döda. Du däremot, dit du ska har tid ingen mening."

"Vad ska det betyda?"

"Det är en plats mellan ljuset och mörkret." Robert slog till Jon på axeln. "Förklara för henne."

"Jag? Du är den blinda! Du förklara för henne."

"Hur? Flickan har inte en aning om vilka krafter hon har att göra med. Hade jag varit hon skulle jag springa min väg från denna plats."

"Men du är inte jag," röt Vera.

"Nej, men vi är båda människor. De änglar som pappsen din har släppt lös. De är som insekter, det finns miljontals av dem."

Vera skrattade. "Som insekter? Då kommer det vara lätt för mig att döda dem."

Nu var det Roberts tur att skratta. Och han hade verkligen ett mäktigt skratt. "Du förstår inte. De är inte av våran värld, de går inte att döda. Du kan bara göra som de vill och hoppas att de lämnar ditt sinne ifred."

4.

Trion gick i ett frustrerande långsamt tempo. Ifall Jon och Robert hade ont om tid. Varför kunde de inte skynda sig lite? De bara babblade på om onödigt strunt.

"Jag må vara blind," sa Robert. "Men min värld är inte grå för det. Jag kan fortfarande höra. Tack gode gud att han lämnade min hörsel i behåll."

"Och?" sa Jon. "Du kan inte höra färger."

"Nej, men jag kan se dem."

"Du kan ju inte se i överhuvudtaget."

"Nej precis, så rummet har ingen färg!"

Innan någon av dem hade kommit fram till en klar poäng, så hade de anlänt vid operationssalen där Vera tidigare vikit av.

Porten stod öppen.

"Är det där porten du behövde hjälp med?" frågade Jon, en nypa irritation i hans röst.

"Ja, ni måste ursäkta mig. Jag lovar, den var stängd alldeles nyss," sa Vera, en skamsen ton i hennes röst.

De gick in i rummet därpå. Lika grått som förra rummet, lika brett och långt. Nio stycken bänkar var riktade mot ett altare gjort av sten och som sträckte sig hela vägen upp till taket. Ville far, skulle han kunnat anordna en gudstjänst för flera dussintal personer i detta rum. I taket hängde ett gigantiskt kors. Gjort av metall och besmyckat med blå och röda juveler. Det såg för majestätiskt ut för att hänga i ett sådant grått rum.

Robert gick först. Han granskade rummet noga som han rörde sig mot altaret. Jon stod kvar med Vera vid porten.

"De har varit här," sa Robert.

"Omöjligt!" sa Jon.

Robert gick tillbaka till sina två kamrater.

"Vi måste vända om, jag visste att det var en dum idé att gå tillbaka hit. För fasen Jon, jag borde inte ha lyssnat på dig."

Bakom dem hördes steg, borta från bostaden kom någonting springandes genom laboratoriet. Någonting lika tungt som det var bestämt.

"För sent," sa Jon och log. Han tog tag i Veras hand och drog med henne in i kapellet.

Robert slog för porten och kom snart springandes efter dem. Hans tomma ögongropar fulla av liv. Fyllda av rädsla.

I den bortre änden fanns en till port, lika bred som den de precis passerat igenom, samt en nedsjunken trädörr. Jon började med porten, med sin ena arm slet han för fullt, men porten gav ej vika.

Robert kom upp bakom honom. Han tillsatte kraften från sina enorma armar, men ändå satt porten fast.

"Ta i för fan!" vrålade Robert.

Jon vände sig mot Vera.

"Här, håll i!"

Jon kastade sitt huvud till henne. Med sin kropp befriad från ansvar tog han tag i portens handtag, men förgäves. Porten var låst.

Fotstegen blev allt högre borta från bostaden. Vad än för vålnad som kom springandes, den befann sig nu inne i operationssalen.

"För allt du är värd!" skrek Robert. "Styrka, kraft!"

"Jag försöker!" tjöt Jon. "Ser du inte att jag försöker? Vargande, testa dörren!"

Vera sprang fram till dörren. Även den satt fast. De var inlåsta. Den enda vägen ut fanns i operationssalen, den gamla rostiga stegen.

"Vi måste vända om," vrålade Vera. "Inne i operationssalen, det finns en…"

Porten bakom dem slogs upp. In kom en varelse klädd i en heltäckande rosa dräkt, det såg nästan ut som en av mors klänningar. Samma sorts varelse som Gabriel. Den största skillnaden var att denna demon inte var skallig. Över hela hans kropp, växande upp på hans ansikte såväl som hans händer. Krulliga hårstrån. Men även mörkröda bölder, formade som svampar.

Robert gick fram mot demonen. Hans rygg rak, och hans armar åt sidan. Hans profil var enorm, men minimal i jämförelse med demonen.

Jon tog tillbaka sitt huvud från Vera.

"Vi distraherar honom. När du ser din chans, spring!"

Vera fick ingen tid att protestera.

Jon ställde sig bredvid Robert. I demonens väg.

"Jag trodde inte ni kunde vistas i vår värld," sa Jon.

"Vi kan, men vi vill vanligtvis inte," sa demonen. *Samma raspiga, förstörda röst Vera hört i tornet.*

Demonen försökte kliva förbi Veras vänner. Jon i sin tu, tryckte upp sin hand mot demonens bröst.

"Tror du verkligen du kan stoppa mig?" vrålade demonen. "Njut av din sista tid vid liv tillsammans med dina snuskiga kamrater."

"Jag har redan lev mitt liv. Innan du ger dig på flickan får du ta det sista jag har att erbjuda."

"Då är vi överens om något iallafall." Demonen blottade sina tänder, rödbruna och nedslipade, hans ögonjuveler fixerade på Jon som räckte fram sin hand.

"Ska vi skaka på det?"

Jon tvingade fram ett skratt, kvavt liksom inövat.

"Spring!" skrek Robert.

Vera satte fart, hon hoppade upp på en av bänkarna och klättrade över den. Hon hoppade upp på bänken bakom och på samma sätt, klättrade hon över den. Så gott hon kunde, skyndade sig Vera mot bostaden.

Jon stod kvar. Han höll ut sin karda med ett brett leende fastklistrat på läpparna. Demonen tog med sin ena hand tag om Jons huvud och ryckte bort det från hans kropp. Demonens hand, tillräckligt stor för att täcka hela Jons bakhuvud.

Kroppen slängde sig efter sitt huvud. Demonen fångade kroppen i sin famn och lyfte upp Jons huvud och kropp så högt att de nuddade taket. Demonen vände sig om och kastade kroppen på Vera som föll under Jons vikt.

Robert, stående bakom de två, gjorde det bästa av sin position och attackerade demonen bakifrån. Med så mycket styrka han kunde uppbåda armbågstacklade Robert deras motståndare. En manöver som nästan ledde till att han bröt av sin arm. Demonen slängde Jons huvud åt sidan och vände sig mot Robert.

“Jag kommer njuta av det här, tjockis.”

Från en ficka insydd vid låret av hans klänning, drog demonen fram en kniv, gjort av ett purpurfärgat material. Han högg Robert i naveln och sprättade upp hans överkropp. Allt blod hade försvunnit, ersatt av en gröngul sörja. Den ruttna lukten spred sig bort till Vera, som låg fastklämd mellan en av bänkarna och Jons utslagna kropp.

Hon kunde inget annat än att se på. Att blunda vore förräderi.

Robert föll ihop. Demonen satte sig ovanpå och grävde runt i hans överkropp. Tillsynes slumpmässigt. Han såg minst sagt glad ut som han satt där och lekte med Roberts inre. Demonen plockade ut Roberts hjärta och reste sig upp. Hans klänning nedstänkt av sörja och vax. Han gick mot Vera, hjärtat i sin hand, framför sin enorma mun.

“Vad skulle du säga om jag åt upp denna vidriga köttbit?”

Vera tryckte så hårt hon kunde mot Jons kropp. Väl medveten att hon i princip var inlåst.

“Oroa dig inte,” fortsatte demonen. “Jag är inte alls hungrig.”

Han klämde sönder Roberts hjärta mellan sina fingerspetsar. Och tog ett steg närmare Vera.

Borta från Roberts förstörda kropp och hans utspridda inälvor hördes ett fniss. Jons huvud, det lät som att han skrattade. En glimt av hopp tändes i Veras ögon, en glimt som demonen mycket väl kände igen. Tvärt vände han om, gick tillbaka och lyfte upp Jons huvud i dess flottiga hår.

“Din vidriga tölp,” sa Jon och spottade demonen i ansiktet. “Du är inte hälften av den man jag är.”

“Det finns sanning i det du säger.”

Demonen gick fram till altaret. Med båda sina händer lyfte han upp huvudet bredvid strukturen. Demonen slog sedan in huvudet i altaret. Jons kranium knakade till, men fnisset fortsatte.

Demonen drog huvudet åt sidan och ännu en gång slog han in huvudet i altaret. En tredje gång, en fjärde gång, ett femte slag. Fnisset upphörde, men demonen fortsatte slå in skallen i altaret tills Jon inte var mycket mer än en gröngul fläck av ben, vax och hjärnmassa insmord i den grå stenen. Allt som fanns kvar av Veras vän var den livlösa kropp som höll henne fast.

Demonen, med tre steg gick fram till henne, lyfte upp kroppen och kastade den åt sidan. Vera skulle inte låta hennes vänner ha dött utan orsak. Hon hoppade upp och sprang mot porten.

“Tänk inte ens tanken,” röt demonen.

Veras ben ryckte till. Hon föll framåt. Och med det förlorade hon kontroll över sin kropp. Fast i sitt eget sinne, Vera såg på som hennes kropp reste sig och gick tillbaka till demonen. Hon satte sig ned på knä framför demonen, redo att möta sin skapare. Vilken bön hon kunde be i ett sådant tillfälle, visste hon inte.

“Lilla flicka, var inte fånig,” sa demonen. “Jag är inte här för att skada dig.”

Han tog tag i Veras haka och vinklade den uppåt för att möta hans blick. Sörjan som täckte hans händer brände till mot hennes hy.

“Vem… vad är du för något?” frågade Vera.

"Jag har haft många namn i mina dagar. Zakar har mig alltid varit en favorit."

"Sakvar?"

Demonen fnissade.

"Någonting lättare kanske. Vad sägs som Pan? Du har väl hört om honom?"

"Pan… du menar inte att du…"

Demonen fortsatte med sitt fnissande.

"Nej. Jag är inte djävulen, men jag har träffat honom, en ytterst missuppfattad och oliktänkande individ om jag får säga det själv."

Tårar tog form i Veras ögon. Hon tillät dem inte att falla. Demonen skulle inte få det nöjet.

"Vad kommer bli av mig?"

"Jag vet inte, min bror säger att du är speciell. Själv är jag inte övertygad, du beter dig mest som en bortskämd prinsessa."

Zakar pekade mot den nedsjunkna dörren.

"Där ska du igenom, förstår du det? Allt det du söker finns bakom den dörren. Farsan, morsan, till och med den där knäppa suggan du kallar för syster. Allt det du söker, bakom den dörren. Rätt enkelt va? Tyvärr kommer jag också vara där."

Han gick bort till dörren, öppnade den och pressade igenom sin missbildade kropp.

"Lilla flicka, lycka till."

Som Zakar slängde igen dörren efter sig, föll mörkret tillbaka, lamporna slocknade. Vera behövde handla snabbt, hon kände rummet krympa för varenda tanke hon la åt sin situation.

Till att börja med behövde Vera mer ljus. Förlitandes på sin känsel. Hon tog av sig väskan, sträckte ned sin hand och tog fram flaskan med fotogen. Hon öppnade upp lyktans grind och satte in flaskhalsen där hon tyckte sig känna behållaren avsedd för bränsle. På måfå måttade hon upp en lika stor mängd hon använt tidigare. Alldeles för mycket kom ut, men Vera rakt av ignorerade det bränsle som rann ned på golvet. Hon letade rätt på tändstickorna.

Antände en.

I en urladdning av energi gick hennes famn upp i brand. Instinktivt släppte hon lyktan och tog ett steg bakåt. Helt oskadd, tack och lov att golvet var gjort av sten, men det båda inget gott. Hon behövde ju sin lykta.

Förr eller senare skulle elden få slut på bränsle, kanske hon vid det laget funnit ett sätt att ta sig genom den nedsjunkna dörren.

Vera fick ingen tid att tänka efter.

Ett flåsande läte kom från operationssalen. Vera vände sig om för att se vem det var. En mager man utan ansikte. Hans stank kändes på långa vägar. Daniel, en av vålnaderna från matsalen. Han verkade ha problem med att stänga dörren, stängd var hursomhelst hur han skulle ha den.

"Du är doktorns dotter," sa han och log.

Ingen tid för Vera att förbanna sin situation. Daniel gick med snabba steg mot henne. Inte nog med att han var täckt av gröngult vax, vålnaden såg ut att svettas.

"Kom med mig," sa han och räckte ut sin hand.

Vera hade förberett sig för en situation som denna, hon drog upp sin kniv, ryckte bort tyget och greppade tag om skaftet. Det var hennes svärd och hon skulle använda det för att besegra detta monster.

Snabb på sina fötter, Vera hoppade upp på en av bänkarna och sedan ned på golvet bakom Daniel. Långsamt vände han sig om för att möta henne, fortfarande med ett leende på läpparna.

Vera släppte lös ett kolossalt vrål samtidigt som hon högg in i Daniels mage. Hans inälvor gav inget motstånd, men kniven fastnade i hans inre som hon hade huggit en pöl av gyttja. Vera drog så hårt hon kunde, men hennes svärd satt fast.

Åter släppte hon lös ett vrål, denna gång för hon hade misslyckats.

"Du är min nu," sa Daniel som han drog ut kniven ur sin mage. "Min dotter… jag har saknat dig…"

Utan att tänka sig för tog Vera ett steg bakåt och sprang mot den låsta porten. Hon såg inte hur Roberts kladdiga inälvor låg i hennes väg. I en duns föll Vera ned på golvet.

Daniel var henne hack i häl. Han greppade tag om Veras nacke och förde upp henne i sin famn, med sina beniga armar kramade han om henne farligt hårt. Stanken av klor och urin var överväldigande, den kittlades mot hennes hals, trängde sig igenom hennes gom och upp mot hjärnan.

Vera sparkade mot Daniel var hon än kunde träffa, men monstret tog ingen skada. Han höll henne fast i sin famn, hans beniga arm mot hennes strupe. Den bultande smärtan och den vidriga stanken. Ingenting i jämförelse med känslan av att ej kunna andas. Snarare så lättade stanken ju mer världen tvinade bort. Smärtan likaså.

Porten som ledde vidare öppnades upp.

Momentet distraherade Daniel. För ett ögonblick lättade han på trycket kring Veras strupe. Det tillät henne att roffa åt sig en nypa luft.

En pistol avlossades och träffade Daniel.

Igen tappade han nästan taget om Vera.

"Min dotter," viskade han. "Jag älskar dig…"

Ett andra skott avlossades och snabb följd ett tredje. Båda kulorna träffade honom i bakhuvudet. Gröngul sörja sprejade ut ur hans kranium. Med den sista kraften hennes kropp kunde alstra, Vera sparkade Daniel i magen. Han släppte taget om henne och de båda föll ned på golvet. Vera kippandes efter sin anda, Daniel stönandes. Monstrets arm hade lämnat ett blåmärke kring Veras hals, något så enkelt som att andas fick henne att rycka till.

Mona gick med bestämda steg fram till henne. En pistol i sin hand. "Res dig upp, gå undan!"

Utan att tveka gjorde Vera som hon sa.

Mona avlossade hela magasinet i Daniels huvud. Hans existens, reducerad till en gröngul pöl.

"Vad gör du här?" frågade Mona. "Det här är ingen plats för en flicka!"

"Jag är här för dig och..." Vera kunde knappt tala, märket kring hennes hals bultade, sved.

"Du måste härifrån," röt Mona. "Gå upp till ditt rum. Jag kommer och hämtar dig när allt är över."

"Jag kan inte... jag måste rädda far..."

Tårarna gick inte längre att hålla tillbaka. I ett hav av salt och vatten forsade de ut. Vera vände sig om, hon tillät inte Mona att se henne i ett sådant tillstånd.

"Sch. Kom här," sa Mona och omfamnade Vera. "Var inte ledsen, allt kommer bli bra."

Vera torkade sina tårar och såg Mona i ögonen.

"Du har inte sett det jag har sett!"

"Jodå, jag har träffat alla de människor som vistas här i natt. De skrämmer mig inte."

"Du förstår inte! De är inte människor!"

"Seså," sa Mona och klappade Vera på ryggen. "De är alla människor, men oroa dig inte om dem. Jag ska hämta din far, sedan flyr vi bort härifrån."

"Lyssna på mig! Det är en demon lös här nere! Hans skinn är gjort av metall!"

Mona bara log, hon gav Vera en puss på kinden och reste sig upp.

"Det finns en stege i operationssalen. Den leder raka vägen ut. Klättra upp försiktigt och var tyst när du går upp till ditt rum."

"Följer inte du med?"

"Nej, jag måste finna doktorn."

Vad kunde Vera säga för att få Mona att lyssna?

Vålnaderna var otroliga nog, Mona verkade inte ha några problem att handskas med dem. Om något var det häpnadsväckande hur lugnt Mona hanterade allt.

"Låt dem inte ta dig," sa Vera.

Mona släppte fram ett skratt samtidigt som hon laddade om sin pistol och slängde en blick mot den nedsjunkna dörren.

"Oroa dig inte om mig, vi ses snart igen!"

Vera gick tillbaka in i operationssalen.

Om det var Monas uppgift att rädda far. Då var det Veras uppgift att rädda Mona.

Vera stod tyst och lyssnade i operationssalen. Hon hörde hur Mona stängde dörren efter sig och med det gick hon tillbaka in i kapellet. Det kändes inte helt rätt att ljuga, men både far och Mona skulle tacka Vera när hon i slutändan räddade allihopa.

Vera började med att plocka på sig föremålen hon nyligen förlorat. Vid Daniels kropp låg hennes svärd. Bladet, helt täckt av inälvor. Hon letade rätt på tyget och gjorde sitt bästa i att torka av vapnet. Därefter gick hon vidare till lyktan. Glaset var förstört och elden hade bränt metallen, men annars var den i ett dugligt skick. Hon tog upp lyktan och tryckte ned allt i sin nu, överfulla väska. Ännu hade endast ett par minuter gått förbi sedan Mona gick igenom den nedsjunkna dörren. Vera försökte få upp den, men fann snart att Mona låst efter sig. Aldrig ska det vara enkelt.

Porten var iallafall öppen, ledandes direkt ned i en spiraltrappa byggd av samma sorts sten som resten av laboratoriet, väl upplyst av lampor.

Det var ljuset som ledde Veras kropp vidare. Mentalt la hon verkligheten åt sidan. När allt kom omkring så var laboratoriet, om inte en vacker, iallafall en storartad plats. Vem vet hur det hade sett ut i förgångna dagar?

Rummet som låg en trappa ned var mer av detsamma, ett trångt utrymme. Lågt i tak, men brett byggt. En kolosall kristallkrona hängde från taket. Flera dussintal om inte hundratal gaslampor lyste upp lika många kristaller som i sin tu dränkte hela rummet med ljus. Konstruktionen var alldeles för majestetisk för ett sådant grått och trångt rum. Under kristallkronan, ett cirkelformat bord. Uppdukat för ett tjugotal personer, här existerade ännu Monas ordning.

På en av stolarna satt en flicka med gröna ögon och lockigt blont hår, några år äldre än Vera. För att vara en av vålnaderna såg hon makalöst bra ut. Hennes hy var vårdad och hennes hår var frodigt, mer lik en av fars dockor än hon var ett monster.

Helt stilla satt hon på sin stol.

"Hej, vem är du?" frågade Vera.

En våg av energi susade genom flickans kropp.

"Hej! Mitt namn är Anastasia och vem är du?"

"Mitt namn är Vera Vargande… är du en av min fars patienter?"

"Din far?"

Anastasia log. Aldrig hade Vera sett ett sådant vackert, men ändå förvirrat leende. Vad gjorde flickan ens här? Varför var hon inte uppe i matsalen med dem andra av hennes slag?

"Doktorn… det är väl han som är anledningen till varför du är här?"

Vera suddade bort Anastasias glada min. Flickan tittade ned mot borden. Hennes ögon glimmade i ljuset. Far hade varit god nog att lämna ansiktet, men han hade lämnat henne hungrig. Anastasias taniga ben stack ned under hennes grå klänning.

"Kan du hjälpa mig?" frågade Anastasia.

"Med vadå?"

"Jag är så hungrig att jag typ bara dör. Snälla, kan du fixa lite mat åt mig?"

"Vartifrån? Jag vet inte var…"

Anastasia pekade bort mot en dörr. "Syster Mona brukar komma därifrån med mat."

"Okej, följ med!" Vera räckte ut sin hand.

"Jag får inte…"

"För vem? Min far? Han är inte här nu."

"Det är inte han som är problemet," röt Anastasia. "Det är dem där förbaskade fåglarna! Hör du inte hur de kvittrar? Hur de skriker?" Anastasia pratade så snabbt att Vera hade svårt att följa med. "Så tänker du hjälpa mig eller inte?"

Var flickan tvungen att bli så himla sur?

Vera gjorde som Anastasia ville och gick bort till dörren. Hon hade inte en aning om hur man lagade mat, men hon skulle göra sitt bästa.

Dörren Anastasia pekat på ledde in till den del av källaren som sannerligen var ett laboratorium. Flera maskiner stod utspridda i rummet, ihopkopplade med olika sorters behållare. En del av utrustningen såg oerhört avancerad ut, gjorda av gummi och stål. Andra komponenter såg ut att vara hundratals år gamla, gjorda av sten och trä.

Vid ett av hörnen fanns ett enkelt kök. En gasplatta, ett skafferi och en vrå där man kunde förbereda maten.

Bredvid köket fann Vera ett par hyllor hon fann mycket mer intressanta. På hyllorna stod flaskor uppradade. De flesta av dessa hade färggrant innehåll. Några violetta, några röda, men de flesta var fyllda med samma grönaktiga substans Vera sett tidigare.

Vera gick bort till köket. Vid en skärbräda låg fem stycken brödlimpor. De var alla rätt torra, men i vilket fall som helst så var det näring. Vera skar med en bördkniv upp flera stycken skivor och la upp dem på en tallrik. Hon kollade sedan igenom skafferiet för att se ifall det fanns någon mer substantiell föda. Det luktade ruttet där inne, några korvar låg och skräpade. Utan tvekan de som luktade. Det fanns även en hel del saltad fisk såväl som en ost. Vera tog en sniff och avgjorde att denna mat verkade bra nog att äta. Gjorde det ens någon skillnad vad hon gav Anastasia? Flickan såg ut som en levande människa, men liksom de andra vålnaderna, hon var säkert död på insidan.

Vera skar upp fisken och osten i mindre bitar och la upp alltesammans på tallriken. Aldrig hade hon behövt göra sådant arbete själv. Antingen så hade det varit mor, eller som på den senaste tiden, Mona som hade förberett alla Veras måltider. När allt kom omkring så var det inte så svårt. Maten var ju i princip redo att serveras från första början. Hon tog med sig tallriken ut i matsalen.

Rummet var tomt, helt tyst.

Anastasia hade försvunnit.

Vera ställde ned maten på bordet och satte sig ned på en av stolarna.

Varför ens ta sig tiden att hjälpa dessa vålnader? Demonen hade sagt att Vera var speciell, knappast menade han att hon skulle hjälpa fars patienter.

Veras mun kändes som den var fylld av bomull. Hon hade inte fått i sig en droppe att dricka sedan middagen. Vid hennes sida stod en kanna, fylld upp till toppen, med vatten. Hon förstod frestelsen fars patienter måste ha känt. Vera visste bättre.

Om hon tog minsta klunk skulle hon somna in.

Vera räknade ned från tio och reste sig upp. Hon hade forfarande mycket kvar att göra. Kanske det fanns en nyckel här nere, en nyckel som kunde ta henne genom den där nedsjunkna dörren. Hon tog ett djupt andetag och fortsatte längre in i källaren.

På motsatt sida från spiraltrappan gick hon genom en dörr som ledde in till en korridor med ett dussintal dörrar placerade mittemot varandra. De såg ut som dörrarna i en fängelse våning. Varenda en av dörrarna var försedda med galler. Några glödlampor hängde utspridda genom korridoren, de gav Vera tillräckligt med ljus för att se vägen framför sig.

I en av dessa celler spenderade Mona sin första natt hos familjen Vargande. Utan tvekan en hemsk upplevelse, fast det kunde väl inte bli värre än den situation de satt i nu.

Ju längre in Vera gick, ju mer växte en hel ny sorts stank. Gammalt, vått och unket. Lukten av instängdhet, förstärkt av en ännu mer distinkt odör, mänsklig avföring. Vera andades genom sin hand i ett försök att dämpa stanken. Partiklarna trängde sig igenom ändå.

I en av dörrarna halvvägs genom korridoren sökte sig ljuset av en flamma ut genom gallret. Någon var hemma. Frågan var bara ifall Vera ville veta vem det var. Hon la sin hand mot dörren och vänligt, knackade hon på.

"Hallå, är någon där?"

Inget svar.

Vera försökte igen, den här gången bankade hon på dörren, men ändå. Ingen kom för att öppna.

Utan att förutse hur enkelt det faktiskt var att öppna en olåst dörr. Vera sköt ned handtaget och slog upp dörren framför sig.

En man satt ned i skramlig säng. Vid hans sida låg Anastasia. Flickan hade slocknat helt. Mannen satt och smekte hennes lår.

Vera insåg nu att det här inte var en man. Hans ansikte var förstört, far hade tagit det ifrån honom och lämnat hans sinne i en avgrund.

Ett till monster. En till Daniel.

Vera tog upp kniven ur sin väska, drog bort tyget och riktade sitt svärd mot det omedvetna monstrets strupe.

"Ta bort dina smutsiga händer från henne!"

Monstret reagerade inte. Det satt stilla och smutsade ned Anastasias hud. Vera tog ett steg närmare och förde upp sitt svärd mot adamsäpplet.

"Släpp henne! Jag kommer inte be dig igen!"

Som Vera var på väg att skjuta sitt svärd genom monstrets hals vaknade Anastasia till liv.

"Nej gör det inte! Han räddade mig."

Vera höll kvar sitt svärd mot strupen.

Monstret satt med sina händer uppe i luften, dess famn öppen, som att han bad om att bli dödad.

"Han räddade dig?" frågade Vera och förde tillbaka sitt svärd.

"Vi har varit borta alldeles för länge, om det inte vore för honom skulle jag aldrig ha vaknat. Han vill ju bara ha sina ögon. Att vara fast i en sådan värld där ljus aldrig existerat. Du kan inte fatta…"

"Hans ögon," sa Vera. Hon kom att tänka på förrådet hon hade besökt tidigare.

Anastasia fortsatte prata på i sådan hastighet att Vera inte förstod. Vera tittade in i Anastasias ögon. Trots att ljuset var så knappt, hennes ögon glimmade som två smaragder.

"Följ med mig," sa Vera. "Jag vet var vi kan hitta hans ögon."

Som Jon och Robert tidigare. Anastasia var besatt av tankar om ljus, mörker och rum. Men tillskillnad från dem behövde inte Anastasia en samtalspartner. Hon fortsatte prata på vare sig Vera förstod eller inte. "Mörkret är alltid större än ljuset. Och alltså, rummet kommer alltid att existera. Långt efter ljuset har slocknat."

Vera var tålmodig. Hon försökte finna någon sorts substans i Anastasias tal. Som de kom fram till matsalen fann Vera mod att avbryta sin nyfunna vän.

"Jag gjorde det där till dig." Vera pekade på maten.

"Tack, men jag är inte hungrig," sa Anastasia. "Du måste förstå att mörkret är ett resultat av rummet, ingenting annat!"

"Men du sa ju att du var hungrig förut!"

"Nej tack, det är bra!"

Vera ledde Anastasia uppför spiraltrappan, in till kapellet där Veras vänners lik låg utspridda kring altaret. Att det ens var möjligt var svårt att tro, men rummet luktade ännu värre. Kropparna hade börjat sönderfalla i realtid. Vilken lukt som var värst, detta förfärliga kapell eller fängelsevåningen. Endast en sak var säker. Både förruttnelse och mänsklig avföring var likartade, i att varken doftade som blommor.

Anastasia brydde sig inte alls, hon bara talade på.

"Mörkret finns alltid där i bakgrunden, även på den ljusaste av sommardagar. Mörkret är alltid där!"

"Mörkret är ju bara avsaknaden av ljus," sa Vera. "Du kan gå in i ett mörkt rum med en lykta och lysa upp allt. Du kan inte gå in i ett ljust rum och göra det mörkt på samma sätt."

"Du vet inte vad du snackar om," sa Anastasia, ett inslag av frustration i hennes röst.

Vera kom med en till kontring. "Ljus är någonting. Mörker är ingenting."

"Du förstår inte," röt Anastasia. "Mörkret är allt!"

Veras kommentar hade fått tyst på hennes vän. Själv förstod Vera inte vad hon sagt. Hon pratade mest bara på med flödet. Det var väl den metod Anastasia använde sig utav. Ljus och mörker. Vad gjorde det för skillnad? Världen omkring dem, målad i en oändlig skala av grått. Allt Vera verkligen ville var att få se soluppgången. Allt hennes hopp, begravt i minnet av den där gyllene globen. Hon skulle få se den igen, men inte ensam. Inte utan far och mor. Inte utan Mona.

De gick igenom operationssalen. Vera snabbade upp sitt tempo. Chanserna fanns ju att en elak vålnad fortfarande lurade kring hörnet. Anastasia däremot gick inte att skynda på. Hon lunkade fram i sin egen takt och beskådade den dunkla salen.

"Det är helt annorlunda än jag förväntade mig," sa Anastasia halvvägs genom rummet.

"Känner du inte igen dig?"

"Nej jag har aldrig varit här." Anastasia pekade på ett av operationsborden. "Men jag tror att det var där som jag dog, eller ja, somnade."

Anastasia log, samma förvirrade leende som förut.

"Vad gjorde min far mot dig?"

"Jag kommer inte ihåg, men jag vet att jag var i närheten av en öken. Eller en ökenstad kanske, massa fåglar var där, typ skator, måsar och änder. De simmade i sanden."

Vera visste inte vad hon skulle säga. Vad än Anastasia hade varit med om, det lät mer som en mardröm än något som hänt på riktigt.

“Jag vet att jag varit borta länge,” sa Anastasia efter en lång tystnad. “Och jag vet att jag varit bland stjärnorna.”

“Inte mycket längre nu,” sa Vera och gick raka vägen genom galleriet, in genom korridoren och slutligen in i rummet där hon hittade alla ögon. Att far märkt behållarna med namn och ålder var till stor hjälp.

“Vad var hans namn? Mannen som hjälpte dig?”

Anastasia svarade inte, hon var inte ens där! Vera gick tillbaka ut till galleriet, men såg bara dockor. Hon var på väg att gå tillbaka in till operationssalen, när hon hörde Anastasias röst bakom sig.

Flickan stod och pratade till dockorna.

“Jag vet att ni sett honom. Stå inte bara där och se dumma ut, säg nåt!”

Dockorna och Anastasia såg verkligen ut att höra hemma med varandra. Inte nog med att dockorna alla såg lika levande ut som flickan. De var alla oerhört vackra. Anastasia stack dock ut, inte nog med att hon var så mager och förvirrad. Hon var den enda dockan som gick omkring. Hon var den enda dockan som talade. “Vad gör du? Kom med mig,” sa Vera och tog tag i Anastasias hand.

“Han är här någonstans, jag vet det.”

“Vem då?”

“Sture.”

Vera tänkte efter namnet lät bekant. “Var det han som räddade dig?”

Anastasia svarade inte, stilla stod hon, blicken fäst på en av de många dockorna.

Vera vände om, det kan inte ha funnits många med namnet Sture. Om far hade tagit hans ögon så måste de finnas i förvaringsrummet. Ensam gick Vera tillbaka och sökte igenom behållarna.

Som hon hade trott, det fanns bara en vid namnet Sture som hade vistas där nere. En viss Sture Krantz, 19 år gammal. Knappast kunde det vara mannen från cellen. Han måste varit äldre, säkert omkring femtio, om inte ännu äldre. Anastasia verkade i vilket fall som helst mån om att få tag på denna Sture, kanske hans ögon kunde hjälpa. Hon plockade på sig burken med Stures ögon, men även ett annat par som tillhörde en viss Gunnar Lönn.

Packningen hade blivit för tung. Vera behövde bli av med någonting. Hon bestämde sig för att lägga lyktan och fotogenet åt sidan. Det var ju trots allt tänt i de flesta av laboratoriets rum.

Lite lättare på sina fötter gick Vera tillbaka ut till Anastasia, som hade tagit sig halvvägs genom galleriet. Med koncentration i blicken inspekterade hon varenda docka. "Jag hittade Stures ögon," sa Vera.

"Hans ögon! Då är han alltså kvar."

"Kanske det, jag vet inte, men här ta dem." Vera räckte över ögonen. Efter en kort stunds tvekan tog Anastasia emot behållaren, hon snurrade runt den mellan sina händer. De inlagda ögonen följde med rörelsen. De liksom stirrade på henne.

“Jag måste hitta honom,” sa Anastasia. “Han är fortfarande kvar här nånstans, och han har mina minnen. Jag kan känna det.”

Nu tyckte Anastasia att det var lägligt att snabba upp hennes tempo. Med snabba steg gick hon bort mot korridoren.

Vera följde efter.

“Vart ska du? Jag trodde vi skulle hjälpa din vän.”

Anastasia ignorerade henne och fortsatte gå. Vera sprang ikapp och tog tag i flickans arm. Den var till och med tanigare än den såg ut.

“Du förstår inte,” tjöt Anastasia. “Jag måste hitta honom. Det finns ingen annan väg.”

“Jag förstår ingenting. Nej, men det för att ingen berättar någonting för mig.”

“Tro mig när jag säger att det är för det bästa. Du måste hitta din farsa och jag måste hitta min bror.”

Vera släppte taget om Anastasias hand och knöt ihop sina egna. Varför kunde inte Anastasia förstå att Vera behövde någon vid sin sida?

“Vi kommer träffas igen,” sa Anastasia.

Vera hade redan börjat gå ifrån henne. Dessa dockor och vålnader, hur än förskräckliga eller livliga, hur patetiska eller fantastiska. De hade inte ett pålitligt ben kvar i deras kroppar.

I full fart rusade Vera igenom operationssalen. Hon skulle ta sig igenom den där sketna dörren. Både Zakar och Gabriel var säkert där bakom någonstans. De skulle lyssna på vad Vera hade att säga. Zakar hade sagt att hon var speciell, och från det Vera faktiskt förstod, så fanns det en anledning till varför hon inte var död än.

Far hade också mycket att stå till svars för, men det var annorlunda. Han var en människa. Vad än dessa demoner var för sorts kräk, de hörde inte hemma här.

Resterna från Veras vänner och Daniel låg kvar och stank. Den här gången skulle Vera inte låta det störa henne. Hon pressade ihop sina näsborrar och öppnade upp sig till verkligheten, hur absurd denna verklighet än var. Om ett par timmar skulle allt vara över. Solen skulle resa sig. Det var bara en fråga om tid.

Vera trampade rakt på Daniels kropp som hon korsade rummet. Hennes fot gick nästan rakt igenom hans ruttna bröstkorg. Hon sprang in genom kapellet, bort till den sketna dörren och testade ifall den mot alla odds var öppen.

Givetvis, fortfarande låst.

Med sin näve stängd förde Vera upp sin hand och så hårt hon kunde, bankade hon på dörren.

"Jag kräver att ni släpper in mig!"

Som hon bankade allt hårdare kände Vera hur blodkärlen kring hennes hand krossades. Om hon fortsatte mycket längre skulle hon ta skada, men hur illa det än gjorde. Vera skule gärna offra sin arm för att få tag på de där djävla demonerna.

Slag på slag. Ingen kom för att öppna. Det lät inte ens som att det fanns någon på andra sidan. Det enda som hördes i källaren var ekot av Veras bankande.

"Öppna nu! Annars… annars…"

Vera sträckte sig ned i sin väska och tog upp sin kniv, fortfarande nedstänkt av vax. Hon förde upp bladet mot sin strupe och slöt sina ögonlock.

"Om ni inte öppnar…"

Vera tog ett djupt andetag, rörelsen var minimal, men tillräcklig för kniven att bryta huden. Några droppar blod rann ned för att beblanda sig med det ingrodda vaxet. Den skarpa känslan fick henne att förlora fokus. Vera började skaka och med det, slängde hon kniven åt sidan. Hon kunde inte göra det, hur än förfärligt. Självmord var inte svaret. Om något hade det endast tillfredsställt demonerna.

Vera föll ned på knä och skrek så högt hon kunde. Ett dån förstärkt av den enorma massan tårar bakom hennes ögonlock. De där djävlarna skulle inte få den äran. Vera skulle inte gråta, istället la hon sig ned i fosterställning och gav upp hoppet om att göra sig själv hörd.

Varför kunde inte Gabriel se att hon försökte?

Varför kunde inte Zakar se att han redan vunnit?

Borta från trappan, ett skrik, ljudet från en annan plågad ande. Det kunde bara vara en person. Gunnar.

Hans läte ekade uppför trappan. Vera kunde inte avgöra ifall skriket var av en arg eller bara förtvivlad karaktär. Hon ställde sig upp och tog fram behållaren som innehöll vålnadens ögon. Hon plockade även upp sin kniv. Om Vera kunde, skulle hon ge Gunnar det han ville ha, men om han fick för sig att göra något dumt. Dessa vålnader skrämde henne inte. Dumma, tröga och blinda bortom intet. Vera var redo, men Gunnar kom aldrig. Han kunde väl inte ha gett upp?

Vera tog ett steg närmare för att ta sig en titt. Några fåtal steg från trappans övre kant kom han krypandes. Vera hejade på honom.

"Nästan där, inte mycket längre nu!"

Vålnaden tycktes inte höra henne. Inte så underligt när hans öron var täckta av vax. Vera tog ett steg ned och stampade till ett par gånger. Ett infall av vilja satte fart på honom. Som en spindel på fyra ben klättrade han upp den sista biten.

Vera tog ett steg bakåt.

Gunnar reste sig upp på sina knän. Hans händer höll han framför sig.

"Jaeg seer," sa Gunnar. "Jaeg kaeener."

"Ursäkta?"

Vera kunde inte avgöra ifall han pratade ett annat språk eller om det var meningslöst pladder. En sak var tydligt, han ville ha någonting från henne. Det kom inte som någon uppenbarelse. Hon räckte över behållaren.

Det var ingen fråga om att Gunnar, på något vis, kunde uppfatta världen sig. Utan syn eller hörsel borde det komma naturligt att utveckla sina andra sinnen. Vera kunde inte hjälpa sig själv från att undra hur världen såg ut för honom. Diskussionen mellan Jon och Robert verkade genast mer logisk.

Långt ovanför sitt huvud lyfte Gunnar upp burken och brast ut i skratt.

"Taeck flicke!"

Två ord Vera kände igen.

"Ingen orsak."

Vågorna i Gunnars skratt växte och blev alltmer hysteriska. Med sina händer strök han om burken. Vera tvingade sig själv till att känna glädje för den stackars mannen. Det hela förändrade inte att han blott var skalet av en individ. Gunnar reste sig upp, skruvade av korken och drog ut ögonen ur den gröna massan. Det var inte en vätska som Vera hade förväntat sig. Snarare en trögflytande substans som hade förvarat ögonen i ett perfekt skick. Ända till Gunnar fick sina fingrar på dem. Han smekte ögonen mellan sina händer och likt hur en hund morrar mot ett hot, hans euforiska läte förvandlades till ett alltmer ilsket uttryck. Gunnar klämde sönder ögonen mellan sina fingrar. För att sedan slå ihop dem med varandra.

Det var ingen fråga om saken. Gubben framför Vera var inte Gunnar. Det där var inte hans ögon.

Vera höll tag om sitt svärd, redo att slå till.

Vålnaden föll åter ned på knä och började flåsa.

"Du vet vad du ska göra," sa en röst bakom dem. *Raspig och förstörd.*

"Kom hit och möt mig!" röt Vera. "Säg inte att du är rädd för en liten flicka!"

Zakars skratt ekade i hennes skalle. "Du äcklar mig. Jag vill inte slösa bort tid på dig."

"Så vad gör du i mitt huvud?"

"Jag är här för att jag måste. Få slut på honom!"

"Nej aldrig i livet. Du får komma hit!"

"Gör som jag säger, annars målar jag ditt rum med dina föräldrars blod."

Zakars skratt ekade ännu högre. Vera själv var bara trött. Demonens hot skrämde henne inte, men Vera kunde ej förneka att hon behövde hans hjälp.

Gunnar, eller vad hans namn än må ha varit, hade sitt förstörda ansikte begravt i sina händer. Inkapabel till att ens fälla en tår. En vilsen själ som inte kunde se sitt eget helvete. Han skulle inte göra en fluga förnär om han så försökte.

Vera tog ett steg fram, lyfte upp vålnadens haka och särade på hans händer.

“Förlåt mig,” sa hon och sköt in sin kniv i Gunnars hals. Bladet gick igenom den halvruttna vävnaden, hela vägen ut genom nacken.

Som Vera drog ut sitt svärd flöt gröngul sörja ut ur såret. Vålnaden viftade med sina armar, föll bakåt ned på golvet och satte tryck mot sitt sår.

“Avsluta honom,” vrålade Zakar.

Vera böjde sig ned. Sörjan som flöt ut ur såret hade satt stopp för sig själv. En ljusgrön skorpa hade redan tagit form kring såret.

Siktande rakt mot hans ena ögongrop, en andra stöt var allt som behövdes. Vålnadens kropp skakade som Vera förde in sin kniv. När hon drog ut den, låg han helt still.

Hans lik blev det fjärde att fylla upp detta kapell. Liksom Jon och Robert. Hans slut må ha varit oförtjänt, men de hade alla dött så att Vera kunde ta sig vidare. Någon sorts mening fanns att finna.

Med sin blusärm torkade Vera sitt svärd. Bladet var täckt av gröngul hjärnmassa. Ville hon ha svärdet rent behövde hon vatten, men varför bry sig? Hennes kropp var öm, hennes kläder skitiga.

Redo för strid.

Ut ur den nedsjunkna dörren kom Gabriel ut, prydligt klädd i sin mörka kostym och höga hatt.

“Min unga dam,” sa Gabriel. “Jag är inte här för att skada dig.”

Vera skulle inte ge honom en chans. Som mot Daniel, hon släppte lös ett vrål samtidigt som hon sprang fram och högg in mot Gabriels kropp. Svärdet vek av.

Vera försökte igen. Den här gången genom att placera ett snitt högre upp, men med betydligt mer kraft. Igen vek sig svärdet från hans kropp.

Ett tredje försök. Med så mycket styrka hennes muskler kunde alstra, så högt som hennes armar kunde nå, men nej. Kniven vek sig.

Hur mycket kraft hon än tillsatte, hennes vapen hade ingen verkan på Gabriel. Han bara stod där och väntade på att Vera skulle ge upp. Hon släppte lös ett vrål och kastade undan sin kniv. Med tunga andetag ventilerade Vera den energi som byggts upp inom henne. Hon var inte klar med Gabriel än, men hon var tvungen att vänta, höra vad han hade att säga.

"Du kommer behöva ditt svärd."

Gabriel böjde sig ned tog upp och räckte över kniven till Vera.

"Jag vet att du har många frågor. Stig på."

Vera gick igenom den nedsjunkna dörren som ledde in till en korridor lika tom som den var lång. Gabriel bredvid henne, han tog upp en lampa från sin ficka, tände lyset och lös upp vägen framför dem. Vera kunde känna någonting andas på den andra sidan, inte i formen av ett ljud, inte heller en syn. En förnimmelse av ett annat slag.

"Vilka är ni? Var är far och mor? Var är Mona?" Vera sköt av fråga efter fråga.

"En sak i taget. Rupert och Mona är vid liv."

"Och mamma?"
"Tyvärr, hon är sedan länge död."
"Men jag träffade henne, jag talade med henne!"
"Endast Ylvas skal. Jag ber om ursäkt, men vi fann hennes närvaro nödvändig."
Ljudet av en fågel hördes i bakgrunden. En skata eller en fiskmås. Allt var så mörkt.
"Vem är du?" frågade Vera.
"Min sanna identitet kan inte förklaras i människans språk. Du skulle tro mig gudomlig."
"Knappast. Ni är ett gäng satungar. Skickade från den riktiga gud för att straffa mig!"
"Vår roll i eran värld har varit att inspirera, eller som bäst, assistera. De senaste åren har vi inte gjort annat än att hjälpa din far, eller som nu är fallet, hjälpa dig. Eran gud har inget med saken att göra. Och hur mycket du än må tro det, din far är inte en god person."
Vera stannade till och tittade upp på demonens avlånga ansikte. "Var är han?"
"I sinom tid. Först vill jag dela en gåva."
Från sin innerficka tog Gabriel fram tre stycken behållare. De såg alla ut att vara tomma. Han gav dem till Vera som jämförde dem i sin hand. Två utav behållarna var lika lätta som luft, men den tredje hade en viss tyngd till sig. Som Vera höll den framför sig, såg hon en förvrängd version av den grå bakgrunden genom glaset. Det var som att ljuset drog sig mot behållaren, som att den hade ett täcke av ljus kring sig.
"Vad är det för något?"
"En är fylld med vätegas, en med vatten, men jag antar att du undrar vad den tredje innehåller?"

“Någon sorts metall? Kanske järn eller bly?”

“Nej, men nästan. Din far kallar det för nihilium, efter det latinska ordet för ingenting. Ett ämne som inte förekommer naturligt i eran värld. Genom att blanda en liten del nihilium, med vatten har din far skapat ett serum med egenskapen att föra levande ting bortom döden och tillbaka.”

“Vad vill du att jag ska göra av det?”

“Håll det i säkert förvar. I fel människas händer kan nihilium tillintetgöra hela världar.”

Var det här tillfället Vera hade väntat på? Behållaren gav henne makt. Kanske Vera kunde förgöra Gabriel genom att attackera honom med nihilium?

En känsla inom Vera sa nej. Det var bäst att vänta tills senare, lyssna på vad han hade att säga. Hon la ned behållarna i sin pålitliga väska.

“Säg mig, vad vet du om din fars förflutna?”

“Jag vet att jag älskar honom, det räcker så.”

Gabriel log mot henne. “Ni människor och eran känslor. Hade du varit äldre skulle du inte sagt detsamma. Vad vet du om dina farföräldrar?”

“Jag vet att de bodde i Belgien. Far flyttade hit när han blev gammal nog.”

“Det är till en viss del sant. Jag skulle säga att han flydde, men sådant är en fråga om perspektiv. Snart kommer du få veta allt. Du förstår, jag tänker ta dig på en resa tillbaka i tiden.”

Gabriel släckte sin elektriska flamma. Mörkret föll.

5.

"Varför släckte du för?" röt Vera.

Inget svar.

Var det hela ett skämt från Gabriels sida? Eller ville han lära Vera en läxa? Det var ju trots allt såhär världen såg ut för de ansiktlösa. Helt mörk, fortfarande grå.

Vera letade rätt på väggen vid sin sida och ledde sig själv framåt genom korridoren. Ju längre in hon kom, ju mer krympte rummet omkring henne. Inom kort blev det så trångt att Vera var tvungen att krypa. Hon tog av sig sin väska och på alla fyra kröp hon fram. Mellan hennes fingrar förvandlades stenen till sand. Skavsår tog form från hennes armar ned till hennes midja.

Vera tog ett andetag och med sin väska först pressade hon sig fram genom sanden, helt omgiven av det porösa materialet. Vera kände hur rummet öppnade upp sig lite längre fram. Hon skyfflade undan en mängd sand och pressade på.

Ovanför henne, en explosion av blått ljus som snabbt expanderade igenom rummet. När utbrottet avtog såg hon en glob sväva i luften. I allra högsta grad lik solen, men det röda ljus den utsöndrade, sken inte alls lika starkt. Vera kunde titta rakt på globen utan att skygga iväg. Ljuset var mer likt det av en eld än det var en stjärna.

Överallt omkring henne hade ett landskap öppnat upp sig ur korridoren. I vardera riktning steg och sjönk stora sanddyner. Hela landskapet färglagt av den falska stjärnans röda ljus. Lite längre fram, mellan två dyner låg en stuga. Vera gick mot den, när den falska stjärnan plötsligt slocknade. Efter bråkdelen av en sekund vaknade den åter till liv.

Rakt framför henne stod Gabriel. För en gångs skull hade han visat sig i sin verkliga skepnad. Tio meter hög. Med fyra armar och två ben som sträckte sig in mot en bred, men kortbyggd kropp. Ovanpå en tjock nacke vilade två huvuden. Det ena med två juveler där du hos en människa skulle finna ögon. Det andra med en mun som sträckte sig hela vägen kring huvudet.

Istället för sin mörka kostym, bar varelsen en sorts dräkt som påminde om en klänning.

“Vad är du för någonting?” frågade Vera.

“Ingen fråga är riktigt så enkel. För att använda ditt eget språk, jag är en förkroppsligad stjärna, ett medvetande av energi, en själ utan massa.”

Han uttalade knappt konsonanterna i sitt tal. Vera hade svårt att förstå vad han sa, men på någon nivå var orden självklara.

“Så ni är verkligen gudar?”

“I sinom tid kommer du få de svar du söker, först och främst. Låt mig introducera dina farföräldrar.”

“Änglar? Demoner? Säg mig!”

“Tålamod, min unga människa. Före du lär dig om oss, måste du lära dig om dig själv.”

Inifrån sin klänning tog jätten fram två stycken fullvuxna dockor. Den ena en fager kvinna med blont, lockigt och välkammat hår. Det såg ut som Anastasia. Den andre en man klädd i en grå uniform besmyckad med medaljer och band.

Jätten satte ned dockorna framför stugan. De gick in och stängde igen dörren efter sig.

"Det är inte dina riktiga farföräldrar, men jag måste säga. Dessa dockor är oerhört lika Ruperts mor och far."

Vad Gabriel sa gick rakt igenom Veras huvud, hennes fokus var riktad på hans enorma skepnad. Ingenting annat hade en betydelse.

"Din farmor, Saffrine hade ingen lätt uppväxt," fortsatte Gabriel. "Hennes egen mor dog under förlossningen och hennes far blev utkallad i ett av Europas många meningslösa krig. Saffrine var föräldralös innan hennes första födelsedag och levde på fosterhem i hennes unga dar, men så kom dagen då lagen fann din farmor mogen. Saffrine förlitade sig på sin skönhet för att finna ett levnadsbröd. Din farfar, Wilhelm var en av de soldater som hade invaderat din farmors hemland. För Saffrine gjorde det inte så stor skillnad vem som styrde. Tysk eller belgare. Invasionen hade iallfall givit henne gott om arbete. Ty ingen var mer i behov av Saffrines tjänster än en soldat."

Med blicken fäst vid jätten och hennes ben skakandes. Vera satte fart och gick mot stugan.

Halvvägs dit slogs dörren upp. Ut kom soldaten, halvt avklädd, han knäppte ihop sin uniform som han gick iväg uppför en av sanddynerna.

Vera sprang den sista biten, när hon kom fram tittade hon in genom en av fönsterrutorna. Saffrine satt med en bebis i hennes famn.

"Saffrine såg barnet som ett men till att förändra sitt liv, en gåva från hennes gud. Framtiden är dock svår att förutse."

Jätten sträckte på sig och behövde inget annat än att nudda den falska stjärnan.

Mörkret föll tillbaka över öknen.

Blott ett ögonblick senare tändes globen igen och med det hade en till byggnad framstått ur intet. En ståtlig herrgård byggd av trä, målat i en färg som fick huset att se violett ut i det röda ljuset.

Stugan stod kvar på sin plats. Inuti satt Saffrine och hennes son vid ett bord. Bebisdockan hade blivit ersatt med den av en pojke. Kortklippt ljusbrunt hår, guldbruna ögon och klädd i hängselbyxor. Vera antog att pojken kan ha påmint om far i den åldern. Hon hade aldrig sett några bilder från hans ungdom.

"Saffrine lämnade storstaden för ett liv ute på landet. Hon fann boende på en farm där Saffrine fick hushålla och där Rupert fick arbeta på fältet."

Dockorna reste sig upp och gick ut. Saffrine gick upp mot herrgården medan pojken försvann in bakom stugan.

"Safrine anpassade sig till sitt nya liv relativt bra, hon tog sig an allt arbete hennes jordägare gav och utförde det med strålande ambition."

Så fort Saffrine nått fram till herrgården gick hon in, men kom genast ut igen och gick tillbaka mot stugan. Hon såg annorlunda ut, det var definitivt samma docka som förut, fastän lite mer sliten. Hennes hår var uppsatt i en tofs, kläderna smutsiga och med en sorts hetta bakom hennes smaragdgröna ögon.

"År av arbete hade sin effekt på din farmor. Saffrines tid var räknad, likaså var tiden snart redo för Rupert att påbörja sitt riktiga liv."

Saffrine gick in i stugan, vände upp och ned på ett antal lådor, öppnade upp ett skåp och drog ilsket bort filten från en säng. Bakom stugan kom personen hon onekligen letade efter. Hennes son, denna gång i formen av en ny docka, några storlekar större än den förra versionen. En tonåring. Fortfarande med samma guldbruna ögon och samma kortklippta frisyr. I sin hand höll han tag om en päls.

"Ett liv som bonde var ingenting din far fann givande. Vid ett tillfälle hade jordägaren tagit med honom ut på jakt. Livet som jägare verkade för Rupert, mycket mer attraktivt."

Saffrine fick syn på sin son, gick ut till honom och ryckte bort pälsen från hans hand. Hon örfilade sin son och gick tillbaka upp till herrgården.

Pojken gick in i stugan och kom tillbaka med ett nytt föremål, inte en päls denna gång. En råtta! Inte en livslevande råtta, djurets väsen hade blivit reducerat till rekvisita i Gabriels pjäs.

"När din far blev äldre hade han tröttnat på att bara döda. Att krossa en gnagare med hjälp av en sten gav honom inget av värde. Han fann mer njutning i att dra ut på dödsögonblicket. Att utsätta djuren för ett öde som på många sätt var värre än döden."

Pojken tog fram en kniv, tryckte in den i råttans öga, ryckte först ut det ena och sedan det andra. Han gick vidare till att skära bort råttans nos. Och till sist tryckte pojken in sin kniv i örat och gjorde ett antal snitt. Först det ena örat, sen i snabb följd, den andra öppningen. Hela tiden med ett leende på läpparna.

"Genom att avlägsna djurens sinnen. Trodde sig Rupert ha funnit en metod att lura djuren till att tro de var döda."

Gabriels röst hade blivit allt långsammare och alltmer oskiljbar. Vera insåg att det inte var jätten som talade. Rösten kom från bakom henne.

En förnimmelse Vera var allt för van vid.

"På Saffrines födelsedag tyckte Rupert att det skulle vara roligt att ge bort en av sina skapelser som en gåva. Ett vidrigt skämt. Han visste nog att det skulle vara det sista strået i Saffrines tålamod."

Jätten sträckte sig efter den falska stjärnan och nuddade den lite lätt. Vera behövde inget annat än att blinka, när hon öppnade sina ögon hade scenen förändrats. Pojken hade försvunnit, såväl som herrgården. Allt som fanns kvar var stugan, jätten och den eviga öknen.

Dörren till stugan slogs upp och ut kom en ny docka farandes, han snubblade ned i sanden. Också föreställandes Rupert. Denna docka var lång, oerhört lång. Bra mycket längre än någon av de tidigare dockorna. Längre än far var i verkligheten.

Saffrine kastade ut en väska till dockan och pekade på en av sanddynerna.

Rupert reste sig upp, hans blick fixerad på en punkt mellan Saffrines fötter. Hon gick fram till sin son, lyfte upp sin handflata och släppte lös.

Rakt över kinden.

Rupert reagerade inte alls.

Saffrine höjde sin hand igen, men denna gång grep Rupert tag i henne och slog tillbaka, hans näve sluten, rakt över näsan.

Vera hörde knacket av hur den bröts.

Saffrine föll bakåt, ur hennes näsa forsade det ut gröngult jox. Rupert hukade sig ned, och drog tag i sin moders krage. Från sin ficka tog han fram sin kniv, samma kniv han hade använt på råttan. Flera gånger om högg han sin moder i bröstet. Varenda gång drog han med sig en klump gröngult vax.

Vera tittade bort, upp mot jätten.

"Vad har hänt med deras blod?"

Ljudet av hur Rupert högg ned sin moder lät i bakgrunden. Ett slafsigt, vått ljud.

"De har uppnått slutet av din fars behandling. Rupert använder nihilium för att ersätta blod. Utan våran assistans är ni människor mindervärdiga. Ni behöver värme, ni måste andas, äta mat, dricka vatten. En sådan enorm ansträngning bara för att existera i det rum ni kallar för liv."

Rösten i Veras huvud hade blivit mer upprörd, raspig. Förstörd. Det var inte längre Gabriel som talade till henne. Det här var Zakar.

Vera tittade tillbaka ned. Dockan som föreställde Rupert gick upp på sanddynan bakom stugan. Kvar låg hans mor. Vera gick ett steg närmare. I Saffrines bröstkorg var ett stort hål och liggandes bredvid henne, en gråbrun klump i formen av ett hjärta.

"Låt oss fortsätta," sa en röst ovanför Vera.

Det här var inte Gabriel eller Zakar som talade. Det här lät mer som en fågel, en fiskmås.

Vera slängde en blick upp mot jätten som hade satt sig ned på en av sanddynorna.

"Vart? Jag vet inte var…"

"Kom upp," sa fiskmåsen. "En helt ny värld väntar."

Vera försökte att inte titta på jätten som hon klättrade uppför sanddynan, men det var svårt att inte uppenbara en sådan enorm profil. Så fort hon tagit sig upp, reste sig jätten, sträckte på sig och nuddade den falska stjärnan.

Ljuset försvann för en sekund, men återvände snart igen. Som vanligt i sådana tillfällen hade omgivningen förändrats. I detta fall hade fyra byggnader uppstått nedanför sanddynan. Tre av dessa byggnader stod nära inpå varandra, byggda i sten och målade i en färg som såg orange ut i det röda ljuset. Därifrån kom han ut, Veras fiktiva far. Denna gång med en mustasch, perfekt rakad som en hästsko kring munnen. Med bestämda steg gick han mot en av de finare byggnaderna. Av de tre var denna minst. Två våningar hög och inte alls särskilt bred. Vera kunde tänka sig en familj bo där. Hon gick nedför sanddynan då Gabriels röst kom tillbaka för att hemsöka hennes sinne. "I sina yngre dagar överlevde Rupert som en brottsling. Resandes genom Europa. Han sysslade med allt från stöld och rån till mord och i vissa fall kidnappningar."

Ståendes utanför byggnaden. Rupert hade bänt in en kofot under ett av husets fönsterrutor. När han efter ett tag fick upp rutan, klättrade han in.

"Var inte rädd," sa Gabriel. "Följ med din far."

"Jag vill inte!"

"Förr eller senare måste du lära dig sanningen."

Ur en av de andra byggnaderna kom två storvuxna dockor ut. Klädda i polisuniformer. De gick fram till det hemkära huset och med en slägga, bröt de ned dörren. De sprang in, den ena med en fackla i sin hand, den andra med en pistol.

Vera bet sig själv i läppen och följde med.

Förutom polismännens steg var det knäpptyst i huset. De for igenom ett kök, ett vardagsrum och vad som såg ut att vara en flickas rum. Som Veras rum, men mindre. Ett par dockor låg och skräpade på golvet. Ingen av dem kom i närheten av Milous äkthet.

De fortsatte upp på övervåningen.

Endast en av dörrarna var öppen, där inne låg två livlösa. Den ena på golvet, den andra i en säng. Rupert hade grävt ut deras ögon och lämnat deras ansikten i en slemmig röra.

"Vart är flickan?" frågade Vera.

Inget svar.

En av dörrarna öppnades, ut kom Rupert. Han tog tag i den den ena polisens axlar och försökte knuffa ned honom för trappan. Polisdockan gav Rupert en rak höger, drog tag i hans midja och brottade ned Rupert på golvet. Den andra polisen tog fram ett handfängelse han trädde kring handlederna på Rupert. De ryckte upp honom på ben och ledde honom nedför trappan.

Ett ljus tändes i rummet där Rupert kommit farandes. Vera gick in. På en säng låg en till docka, nedstänkt av blod och vax. Hennes ansikte förstört.

Bredvid sängen, på golvet, satt den enda som Vera brydde sig om. En liten flicka, flera år yngre än henne själv och med tovigt hår.

Flickan satt ned hukad mot väggen.

"Hej, vem är du?"

Vera la sin hand på flickans axel. Precis som Vera hade anat. Far hade utsatt flickan för samma sorts behandling som de andra barnen han kommit i kontakt med. Ansiktet var förstört och hennes ögon borttagna.

Flickan rörde inte en muskel, hon bara satt där, tyst och bortglömd. Att övertala sig själv att dessa dockor inte var människor blev allt svårare. Ingen Vera stött på hade haft blod rinnandes i deras vener. Om de saknade den livskraft som höll människor vid liv, hur kunde de då bli kallade för mänskliga?

Vera reste sig upp och gick tillbaka ut.

Där stod en individ som då inte var mänsklig.

Zakar, klädd i samma klänning som förut.

"Vad gör han här?" skrek Vera. Hon drog upp sin kniv och riktade den mot demonen.

Zakar gick fram för att möta henne.

"Jag har en roll att spela."

Zakar smekte Vera på kinden. Håret längs hans händer hade klumpat ihop sig. Roberts inälvor satt fortfarande kvar. Vera svarade genom att placera ett snitt på demonens vrist. Kniven studsade som att Zakar var gjord av stål.

Zakar tryckte upp sin håriga och flottiga hand i Veras ansikte. Hon tog ett steg bakåt och igen högg hon till med sin kniv, halvdant siktandes mot demonens vrist. Hon lyckades faktiskt snitta upp ett sår! Samma sorts gröngula sörja som hos dockorna rann ut.

Demonen var alltså dödlig.

Vera fortsatte slå med hennes svärd. Hej vilt omkring sig. Vart hon än kunde träffa.

Zakar tog ett steg åt sidan. En liten, men tillräcklig undanmanöver.

Vera slog till mot vristen igen.

"Lägg av!" röt Zakar som han strök sig undan från Veras attacker.

"Rädd för en liten flicka va?" Vera skrattade som hon dansade omkring med sitt svärd. Inte en tanke gick åt hennes balans, eller det faktum att hon inte alls var i en bra position. Hennes attacker, mest bara klumpiga.

"Nu slutar du innan jag blir sur!"

Zakar knuffade till Vera, inte alls hårt.

Det krävdes inte mycket för att få henne på fall. Hon föll i marken och tittade upp mot demonen. I juvelerna intryckta i skallen såg Vera något som liknade sig vid liv. Rädsla i sin renaste form.

"Nog av det här!" röt rösten som verkade dela både hennes och demonens huvud. "Zakar fortsätt på ditt uppdrag!"

"Jag försöker, men prinsessan gör det svårt!"

Zakar gick fram till byggnaden polisdockorna hade kommit ifrån. Vera reste sig och tittade upp på jätten. Den hade ställt sig upp och hade växt avsevärt mellan ljuset och mörkrets cyklar.

"Du kommer finna nästa del rolig," sa fiskmåsen.

"Inget av det här är roligt. Ni är bara dumma mot mig! Jag vill hem."

"Tålamod," sa Gabriel. "Jag vill att du lär känna din far innan jag för dig till honom."

"Jag bryr mig inte!"

Samtidigt som hon gnuggade sig på huvudet, stampade Vera flera gånger i marken. Helt utom sig själv. Vad kunde hon göra? Hennes chans att döda Gabriel var förbi.

"Följ med din far," sa fiskmåsen. "Du kommer finna nästa del rolig, mycket kul."

Egentligen fanns det inget val. Vera var fast, om hon inte fortsatte, vadå? Skulle hon stanna här? Om inget annat kanske dessa röster ledde henne till döden. Det skulle iallafall vara ett avslut.

Vera följde efter Zakar in i byggnaden.

En av de blåklädda dockorna satt ned vid ett skrivbord. Lång, blek och med ett par ögon som var omaka. Det ena ett vanligt brunt öga, det andra var grönt och uppsvullet.

"Ge mig lite kärlek," sa Zakar som han gick fram till dockan, ryckte upp honom ur stolen och tryckte upp dockans kropp mot sin egen. Zakar kysste sedan sitt offer. Inte den sortens kyss som mellan två människor kära, det här var ett angrepp. Demonen hade slukat upp hela dockans käke och hade nu börjat suga.

"Vad gör du?" brast Vera ut.

Demonen tryckte in sin tunga i dockan och rörde runt. Dockan kämpade för att ta sig loss, men Zakar höll honom stadigt i sin famn.

Efter ett par minuter av att kyssas gav polisdockan upp. Demonen släppte kroppen som föll livlöst ned på golvet.

"Det är lika äckligt varje gång," sa Zakar och spottade ut en väldig massa gröngul sörja på liket.

Bredvid skrivbordet stod en gallerdörr som höll dem från att ta sig vidare. Zakar ryckte loss hela dörren från sin ram och gick vidare uppför en ranglig spiraltrappa.

Vera stannade kvar och tog en titt på liket. Käken var bruten och lämnade mungipan öppen i en nittio-graders vinkel. Klumpar av vax täckt i gröngul sörja fyllde upp dockans inre.

Vera gick vidare bort till trappan och följde efter Zakar. Redan vid det första steget hörde hon hur demonen tog livet av den kvarstående polisdockan. När hon kom upp såg Vera i detalj hur Zakars mun fylldes upp av dockans inälvor.

När dockan dog släppte Zakar ivrigt taget om sitt offer och spottade tillbaka ut dess inre.

"Det ser riktigt gott ut det där," sa Vera.

"Du ska vara tyst!" röt Zakar. Inälvor hade fastant mellan hans rödbruna tänder. Han verkade ha problem med att få ut alltihopa. "Lilla flicka, om du bara visste vad jag kunde göra mot dig."

Vera placerade en snorlobba i Zakars riktning. Den missade hans fot med små marginaler. Precis som hon menat.

Ett kolossalt vrål hördes utifrån. Genom ett fönster såg Vera hur jätten ställt sig ovanför byggnaden.

"Kom igen då fegis," röt Vera. "Jag skulle vilja se vad den där saken gjorde om du ens nuddade mig."

Zakar spände ihop sina händer.

"Du ska ge fan i att komma till mitt hem och hotas!"

"Det var du som började, djävla demon."

"Du har ingen aning om vad du…"

Ett rytande dån omringade dem från alla håll. Byggnadens golv, väggar och tak skakade som jätten släppte lös ett vrål.

"Zakar, släpp fången lös!"

För ett ögonblick löd inte demonen sin mästare. Han stod kvar framför Vera. Hans juveler fixerade på Vera, som log tillbaka.

Zakar bröt sedan sin pose och gick in i rummet. Sex celler och en smal väg mellan dem gjorde upp hela våningen. Helt ensam i en av cellerna satt Rupert, hans mungipa öppen. Zakar gick fram till hans cell och slet loss gallerdörren.

Vera stod kvar, hennes fiktiva fader så ful att det gjorde ont att titta på honom.

"Sluta se så förbaskat dum ut," sa Zakar.

I en manöver som fick Vera att skratta, slog demonen igen munnen på dockan.

"Och du," sa Zakar och pekade på Vera. "Kom med här, låt oss få det här överstökat."

Demonen passerade förbi Vera och knuffade ned Rupert för trappan. Ett fall som förmodligen skulle brutit nacken av en levande människa.

Vera gick fram till rutan för att se vad jätten höll på med. Dess skepnad stod inte längre kvar.

Ljuset slocknade. Mörkret låg länge denna gång.

Vera höll fram sina händer, ett försök att känna världen omkring sig. Hon kunde inte skilja vägg från tak, eller sig själv från sin omgivning.

Allt som existerade var mörkret.

Det trängde sig på, trängde sig in.

Vera andades ut.

Ljuset återvände.

Demonerna hade förflyttat henne. Byggnaden hon stod i alldeles nyss hade upphört att existera. Det hemkära huset likaså. Allt som fanns kvar var skjulet och den fjärde byggnaden. En herrgård på fyra våningar, byggd helt av sten.

På en av sanddynorna stod jätten.

Rupert kom gåendes från skjulet, i riktning mot herrgården. Med sig hade han en kompanjon, en till demon, kortare än Zakar och inte alls lika hårig. Denna demon var skallig och muskulös.

"Det här är den bästa delen," sa fiskmåsen.

Vid en av herrgårdens fönsterrutor påbörjade Rupert sitt arbete. Med sin kofot bände han upp fönsterrutan och klättrade in, demonen hack i häl, klättrade därefter.

Vera gick fram och såg att rutan var placerad alldeles för högt upp. Hon tittade upp mot jätten.

"Jag kommer behöva hjälp."

"Gå till ingången," sa fiskmåsen. "Skynda, spring."

Vera gjorde som rösten sa och gick bort till ytterdörren, en stålförstärkt dörr, byggd för att hålla människor ute. Den nedre delen var dock täckt av en glasruta. När Vera sedan såg stenen, placerad rakt framför dörren, förstod hon vad rösterna ville. Hon lyfte upp stenen och slungade den mot glaset.

Trots att rutan gick i kras, glasskärvor satt kvar längs sidorna av ramen, men Vera kunde inte bry sig mindre. Hon sträckte igenom handen, kände sig fram till en nyckel och vred om.

I det hela skar Vera upp ett sår längs hennes överarm. Blod pulserade ut, men det gjorde inte det minsta ont. Inte ens när Vera rörde vid såret. Ifall det inte vore för den blöta sensationen av blodet som rann ned längs hennes hand, skulle Vera inte ens ha märkt att hon skurit sig. Hon tryckte upp armen mot sin bröstkorg och ryckte upp dörren.

Vera bemöttes av en tystnad som hon tog ett steg in genom dörren. Var än dockan och demonen gömde sig, de förde inget liv.

Farstun till huset var fyllt av ägodelar. På en rockhängare hängde ett antal jackor och kappor. På en kabinett stod en rad olika prydnader. Troféer, statyer samt några gargoyler gjorda av sten. På väggen hängde ett porträtt på en familj. I centrum stod en tämligen kortvuxen man, klädd i en grå uniform med ett antal medaljer och dekorationer. Vid hans sida stod en kvinna i grå klänning, samt deras barn. En son och en dotter.

Vera fortsatte längre in i huset. Först genom en huvudhall varvid abstrakt konst klädde väggarna, en kristallkrona klädde taket och luxuösa mattor låg på golvet. Hon gick in till ett vardagsrum där hon fann en öppen eldstad omgiven av två soffor, som minst sagt såg behagliga ut. På väggarna hängde mer konstverk, diplom och porträtt på släktingar och familjemedlemmar. Mycket mer intressant, på en vägg hängde det vapen, de flesta såg antika ut, musköter snarare än gevär. Inte som den sortens vapen soldater använder idag. I ett rum placerat i mitten av huset fann Vera en trappa. Problemet var att rummet var beckmörkt. Hon kunde knappt se trappans början, ännu mindre dess slut.

Vera vände sig om för att söka genom resten av bottenvåningen, när en duns hördes ovanför henne. Strax därefter kom de ned, dockan och demonen, bärandes på en till docka. Med snabba steg bar de sitt byte nedför trappan och sedan ut ur huset.

"Ska deras offer föreställa min farfar?" frågade Vera.

"Följ med så berättar jag," sa Gabriel.

Vera förstod att hon inte hade ett val. Hon gick ut ur huset och följde efter demonen och dockan ned till skjulet.

"Du har rätt, det ska föreställa din farfar."

"Jaha, så det är en till docka."

"Nej, det är inte en docka."

"Så, är det en demon? En ängel kanske?"

"Skynda så får du se."

Vera drog med fötterna. "Det är ju inte som att de kommer försvinna."

Gabriel var tyst. Vera sölade på.

De hade lämnat dörren till skjulet öppen. Vera ställde sig vid tröskeln och tittade in. Soldaten var avklädd ned till underkläder och fastspänd på ett bord. Armar och ben bundna flera gånger om, hans huvud fäst i en metallställning. Rupert stod och skruvade in ett antal skruvar in i hans kranium. Ingen sörja kom ut.

Bara blod. Rött, flytande, mänskligt blod.

"Det är ju en livslevande människa!" ropade Vera.

“Jag sa ju att det inte var en docka,” sa Gabriel.

“Men… hur fick ni hit honom?”

“På samma sätt vi förde hit dig.”

“Den där dörren… den där korridoren…”

“Endast en representation av våran värld. Allting runtomkring dig, husen jätten och dockorna. Ingenting är verkligt.”

“Så varför ens bry sig, om allt bara är en dröm?”

“Jag sa ingenting om en dröm. Denna värld må vara overklig, men den är inget mindre sann än den värld du kommer ifrån.”

“Din demon, du pratar i tungor!”

“Han är ingen djävla demon!” röt Zakar.

Vera fnissade. För att beskriva sig som gudalika, vissa av dessa demoner hade ingen kontroll över deras känslor. Zakar hade nog aldrig stött på en flicka i Veras ålder förut. Hon tittade tillbaka in i skjulet.

Rupert injicerade mannen med en spruta. Utan tvekan det serum Gabriel hade talat om. Nihilium blandat med vatten. Under tiden tände demonen ett antal lyktor i stugan, hela fem stycken ovanför operationsbordet. Vad än de skulle utsätta soldaten för, tydligen behövde de bra med ljus.

Rupert la undan den ena sprutan och tog fram en annan spruta, bestyckad med en groteskt lång kanyl och en behållare stor som en melon. Han körde in kanylen i artären på soldatens ena ben och hävde ut mänger av blod ur den stackas mannen. När behållaren blev full, drog han ut nålen, satte sin hand mot såret och sträckte sig efter demonen, som gav honom en ny, likadan spruta. Långsamt förde Rupert in kanylen i såret och hävde ut en lika stor mängd blod. När den andra behållaren var full, vände han sig till demonen som räckte över en likadan spruta där behållarna var fyllda av serum. Rupert kämpade med pumpen för att få in drogen på sin patient, när han äntligen lyckats pressa ut allt serum, gav han sin far ett ögonblick att vila. Eller om han bara gav demonen tid att förbereda hans nästa instrument, ett tunt järnrör med ett handtag gjort av trä. Demonen värmde upp röret i elden på en butankokare.

När metallen sken, var instrumentet redo.

Rupert tog tag i handtaget, vände sig mot sin patient, tog med ena handen tag om sin patients näsa och med andra handen körde Rupert in järnröret, rakt up i näsborren. Röret förblev i patientens näsa i en hel minut innan Rupert tog ut det, värmde upp metallen och utsatte den andra näsborren för samma behandling.

"Vad gör de mot honom?" frågade Vera.

"Din far fann att det enklaste sättet att beröva en människa sitt luktsinne, var att bränna bort det."

"Men varför?"

Inget svar.

Rupert tog fram ett nytt föremål, också gjort av järn, en långsmal kniv med ett trubbigt blad, en sorts bajonett i miniatyr. Han värmde upp bladet i flamman, samtidigt som demonen applicerade mer serum kring patientens fördärvade näsa. Som substansen blandade sig med blodet och sörjan blev det till ännu mer gröngult stoft. Mer och mer såg deras patient ut som Gunnar och Daniel.

Rupert tryckte in kniven i patientens öra och gjorde ett cirkulärt snitt, men han slutade inte där. Han rörde runt i örat i en helt minut, tillsynes slumpmässigt. Han var så pass sporadisk, så brutal i sitt förande att Vera undrade om Rupert visste vad han höll på med.

Demonen städade upp genom att återigen, applicera mer serum. Rupert gick runt bordet för att nå det andra örat som han mörbultade på samma vis. Först en cirkulär rörelse, ett snitt uppåt, ett snitt nedåt för att sedan avsluta med en glad grimas.

Vera visste redan vad som skulle hända härnäst. Den nyblivna dockan skulle bli av med sitt mest intima av sinnen. Inte för att hon fann någon glädje i det hela, men desto snabbare de ryckte ut ögonen, desto bättre.

Rupert la kniven åt sidan och tog från en låda fram tre stycken föremål. En skalpell, en tång och en ishacka. Han gav de sistnämnda objekten till demonen och skar med skalpellen in i huden som täckte mannens ögon. Vid ett tilfälle, tillsatte han för mycket tryck och skalpellen gick rakt igenom, in i ögongloben. Rupert brydde sig inte, iallafall inte tillräckligt för att hindra honom från sitt arbete. Han lyfte bort bitarna av hud, räckte över skalpellen till demonen som i sin tu gav Rupert tången. Klämmorna i formen av ett öga, ett minst sagt specialiserat verktyg.

Rupert grep tag i tången, öppnade upp klämman och pressade in verktyget kring patientens ena öga. Rupert drog i tången, men ögat höll i för allt det var värt. Synnerven ville inte släppa taget. Tyvärr hade Rupert dragit ut ögat tillräckligt långt för demonen att komma in och skära loss nerven. Blod blandat med gröngul sörja flödade ut ur patientens inre. Genast applicerade demonen mer serum.

“Förstår du vad de gör?” frågade Gabriel

Vera hade inget svar.

“Era sinnen är en distraktion. För att se världen får inget ljus störa dig, för att höra kan inga oväsen finnas till. För att känna, måste du förstå vad det betyder att vara.”

Rupert och demonen avslutade genom att på samma sätt rycka bort det andra ögat. Den här gången, när demonen kom för att skära av synnerven avbröt Rupert honom. Han drog i tången så hårt att nerven töjdes och ögat till slut rycktes bort.

Demonen applicerade återigen mer serum.

Vid det här stadiet var deras patient på fläcken lik Gunnar och Daniel, vax insmort i ansiktet och hans ögongropar fyllda av stoft.

Ännu hade de inte använt hackan.

“Synen, hörseln, lukten och med det mycket av smaken. Endast ett sinne återstod, för att koppla bort känseln, behövde din far tänka om. Ta till sig metoder som tog honom år att bemästra.”

Demonen grävde med sina händer ut mängder av stoft ur patientens ögongrop. Rupert sträckte sig efter hackan och placerade den inuti gropen. Med lite väl mycket kraft sköt Rupert in hackan i den vävnad som uppgjorde dockans frontallob.

Vera förväntade sig att demonen skulle behandla dockan med mer serum, men istället gick han vidare för att gräva ut stoftet från den andra gropen. Rupert högg in sin hacka i den andra halvan av sin faders hjärna.

Med deras patients sinnen tillintetgjorda och hans hjärna söndermanglad. Demonen och dockan var klara med deras operation. Rupert skruvade bort ställningen kring patientens huvud. Han tog sina verktyg, tvättade hastigt av dem i en balja med vatten och la tillbaka allt där det hörde hemma.

Demonen gick ut ur skjulet.

Vera ställde sig i hans väg.

"Vad vill du, putte?" frågade Vera. Hon förstod att han ville ta sig förbi. Vera ville mest bara visa för dessa demoner, hur orädd hon var. Att endast en sak var säker i denna mardrömslika värld.

Vera Vargande var ingen att djävlas med.

I slutändan fanns det ingenting att vinna på att fördröja denna demon. Vera tog ett steg åt sidan.

Demonen gick bort från stugan, uppför en av sanddynorna, i riktning mot jätten.

Marken dånade. Jätten hade rest på sig, den sträckte sig efter den falska stjärnan och försatte hela världen under honom i mörker. Förutom att han hade en viss hotfull karaktär till sig. Det där verkade vara jättens enda uppgift. Mästare över ljus och mörker. Låter mäktigt, men i praktiken, ett rätt tråkigt jobb.

Ett ögonblick senare tändes flamman igen. Jätten satte sig ned. Dockan som föreställde farfar Wilhelm låg på bordet medan Rupert satt på sin stol.

"Din far hade förväntat sig att en människa, befriad från sina sinnen skulle agera som en direkt koppling med gud. Han spenderade varenda vaken stund vid Wilhelms sida och bevittnade hur din farfar kastades mellan mardrömmar och delirium."

Rupert reste sig ur sin stol och gav sin patient en mindre dos serum. Patienten stretade emot som nålen mötte ven, men repen var för tätt bundna. Munnen rörde sig som att patienten skrek när han blev injicerad, men inga ljud kom ut.

"Din far var besviken över sina resultat. Wilhelm talade inte om några gudar, han talade inte alls. Han bara stönade och skrek som han låg där, fastbunden."

När Rupert pressat ut hela sprutans innehåll i armen, slog han sin patient i ansiktet.

"Då och då hade Wilhelm längre stunder i vaket tillstånd, men hans tal var fyllt av rotvälska och vad du anser som *meningslöst pladder*. Vid ett tillfälle gav han sin far smärtstillande i hopp om att göra Wilhelms tillstånd bättre, men nihilium motverkar morfinets positiva effekt."

Jätten reste sig. Ljuset försvann. Ett kort mörker, sedan igen, rött ljus. En snarlik verklighet till den förra. Wilhelm låg på bordet. Rupert satt i sin stol och åt ur en konserv. Ett skägg kring hans käke, ojämnt och spritt. Det fick då inte dockan att se friskare ut.

Vera gick in och tog en närmare titt på Wilhelm. Serumet som demonen hade spridit ut över honom hade torkat och bildat en sorts slemmig hinna över hans ansikte. Hans kropp hade i ljusets cyklar skiftat färg. Från en början hade han varit en rätt ljushyad man, nu var hans hy gråblek och med gröngula fläckar längs armar och ben. Kring hans skrev och armhålor hade ett gäng utväxter tagit form. Mörkröda och formade som små svampar. De växte rakt ut och tog med sig en hel del sörja på sin väg.

"Efter en vecka hade fraktioner av Wilhelms identitet återvänt. Hans förstånd var inte där, men hans tal hade blivit mer urskiljbart. Framförallt talade Wilhelm om sin familj, eller snarare, till sin familj. Vid ett tillfälle misstog han Rupert för sin legitima son."

Rupert ställde sig upp bredvid operationsbordet. Han hade lättet upp repen avsevärt. Patientens ansikte riktat mot sin läkare, hans läppar rörde sig i snabba ryck.

"I sina ändlösa minnestunder talade Wilhelm om mycket. Han talade om mat, han talade om jakt, han talade om krig, men han sa inget som intresserade Rupert. Wilhelm talade aldrig om Saffrine, han talade aldrig om deras stund tillsammans. Wilhelm talade inte om gud."

Läkaren örfilade sin patient, men han nöjde sig inte med det. Rupert slöt sin näve och slog sönder det som fanns kvar av sin faders näsa. Wilhelm tillsynes tjöt som hans oäkting slog honom sönder och samman. Det skulle ändå inte gjort en skillnad. Ingen förutom Vera skulle hört hans tjut.

"Från när solen börjat gry, tills den oundvikligen gått och lagt sig. Wilhelm sov aldrig. Han talade konstant om mat, dryck och om hur mycket han älskade att jaga med sin, legitima, son."

Rupert gick runt i en ring inuti stugan. Hans händer pressade mot öronen, hela tiden med blicken fäst på hans offer som fortfarande tycktes tala i tungor.

En duns hördes bakom Vera. Jätten sträckte sig efter den falska stjärnan. Mörkret la sig lika hastigt som alltid. Vera hade fattat ett tycke för det hela, jämfört med det röda ljuset var mörkret att föredra. Det fanns en sorts klarhet att finna i ingenting. Lika snabbt som det försunnit. Kom tyvärr ljuset tillbaka. Gabriels föreställning var inte över än.

Rupert satt på sin stol, den här gången hade han ingen konserv i sin hand, bara sitt offer i sin blick. Hans patient som fortfarande låg på bordet. Ännu fler svampar hade tagit form längs hans kropp. De äldre utväxterna hade spruckit och pulserade ut ännu mer jox.

"Efter ytterligare en vecka hade din farfars tillstånd förändrats avsevärt. Han talade aldrig om sin familj eller sina nöjen längre. Till din fars glädje hade Wilhelm mer och mer börjat tala om gud och djävulen, om helvetet och himmelen, om evigheten och intet."

Patienten satte sig upp i sin säng, hans rep tillräckligt lösa för honom att ta sig ut. Ansiktet vänt mot sin skapare, Rupert som satt med munnen öppen.

"Gudarna Wilhelm talade om var tyvärr inte de som Rupert växte upp med. Rupert visste inte hur han skulle reagera."

Patienten reste sig ur sin säng sträckte sig efter sin läkare och tog tag om hans axlar. Wilhelm viskade några ord in i sin sons näsa, men vad han hade att säga intresserade inte Rupert. Han bröt sig loss från sin far och slog med näven till sitt offer som föll tillbaka ned i sängen.

"Wilhelms hade återgått till att tala om, vad du kallar för, *meninglöst pladder.* I ett helt dygn repeterade han frasen *tillvarons innersta väsen* om och om igen. I andra ord, han repeterade det ord du kallar för *jag* om och om igen. Vid den tjugofemte timmen hade Rupert fått nog. Han försökte slå medvetandet ur sin far."

Precis som Gabriel berättat. Rupert slog sin far ett flertal gånger i ansiktet. Trots att han inte längre var bunden till bordet, Wilhelm hade inte en chans. Liggandes förblev han som hans hjässa genomgick en misshandel, brutal nog att ta livet av en levande människa. Ruperts ögon, fyllda av liv, fyllda av ilska och eld. Hans nävar nedstänkta av vax.

"Efter ett par timmar hade Wilhelm tagit för stor skada. Hans röst blev allt lägre och hans rytm allt slöare. Som hans ansikte inte var mycket mer än en krater blev han, mitt i sin mening, tyst. Rupert trodde att han hade slagit ihjäl sin far. Inte alls en långsökt tanke, men dessa dockor tål mer än man kan tro."

Rupert böjde sig och satte sitt öra mot Wilhelms bröstkorg, försökte han lyssna efter ett hjärtslag? Skicket dockornas hjärtan befann sig i gjorde dem väl helt meninglösa? Eller kanske de fortfarande hade en puls? Rupert tycktes ha funnit en iallafall, med ett oäkta leende på läpparna, satte han sig ned i sin stol och plockade från under operationsbordet, fram en konserv. Han lutade sig bakåt, öppnade konserven, då hans patient återigen satte sig upp i sin säng och vände sig mot sin läkare.

Rupert slängde burken åt sidan och reste sig.

"Jag har träffat gudarna," sa Wilhelm. "De har..."

Vera behövde inte Gabriel att översätta. Hon kunde höra Wilhelms ord, men innan hennes fiktiva farförälder hunnit säga något mer hade Rupert redan slagit sin patient på käften.

"I själva verket hade inte Wilhelm träffat några gudar," sa Gabriel. "Det var vi hela tiden."

“Om ni inte är gudar? Vad är ni för någonting?”

“Jag, mina bröder och systrar. Vi är många fler än du kan tänka dig. Endast genom att bli befriad från dig själv, så kan du se oss för det vi är.”

“Men jag kan ju se er!”

“Du tror väl inte att det här är vår sanna form?”

Vera tittade upp mot jätten som satt ned på sanddynan. Rastlös och ledig, en sådan enorm potential reducerat till en roll så liten. Hon tittade tillbaka in i stugan. Rupert lyfte upp sin patient till sin bädd, vid det här laget så pass undernärd att han inte kunde väga mycket mer än ett barn. Stilla låg patienten på bordet, hans läkare tog fram en ny konserv, satte sig ned och åt.

Bakom sig hörde Vera ljudet av jätten som åter fullföljde sin rutin. Han hade rest sig upp och nuddade stjärnan. Jätten försatte världen i mörker, men snart tände han åter ljuset.

Vid Veras sida stod nu Rupert, i egen hög och vidrig person. Hon tog ett par steg åt sidan. Sin far hade Rupert lämnat kvar inne i stugan. Wilhelm låg kvar i samma ställning som förut, ett dussintal svampar hade börjat gro på den plats där hans ansikte en gång legat.

En ny doft fyllde rummet omkring dem, en doft Vera tydligt kände igen, fotogen.

“Wilhelm återhämtade sig aldrig efter den senaste misshandeln. Om han hade en smula liv inom sig, Rupert hade tagit det ifrån honom.”

Från en av sina fickor tog Rupert fram ett block med tändstickor, han antände en, satte eld på hela paketet och kastade in ljuset i stugan som genast utvecklades till ett inferno. Rupert gick upp på sanddynan bakom dem, utan att ens titta på Vera. Själv stod hon kvar och tittade på lågorna resa sig allt högre. Wilhelms kropp såg ut att smälta där inne. Det var ju förstås inte Wilhelm på riktigt, det var ju bara en docka som låg där och brann.

"Dags att fortsätta på din resa," sa fiskmåsen.

Vera släppte fram en suck, vände sig om och gick uppför sanddynan. Högt ovanför henne gick hennes fiktiva far och ovanför honom syntes konturen av en skog. Trädtoppar stack upp, men inga blad eller barr klädde deras grenar.

Såret på Veras arm hade slutat blöda och märket kring hennes hals hade slutat bulta. En främmande energi hade förenat sig med hennes kropp, ljuset tryckte klarheten ur hennes huvud. Allt mindre tänkte Vera på sin situation, hon ville mest bara undkomma ljuset, en omöjlighet.

Jätten reste på sig och med två jätte kliv som fick marken att dåna ställde den sig nedanför Vera. Hon skyndade sig upp den sista biten, slutningen så brant att hon var tvungen att klättra. Jätten hade dock andra planer. Den satte ned sina fingrar kring henne. Vera kunde inte fortsätta, eller för den delen gå tillbaka. I vardera riktning var nu en sorts mur av jättens hud och den kom henne allt närmare. Mellan två av dess fingerspetsar tog den tag om Veras kropp. Som att hon vore en liten myra. Jätten höll henne med tillräckligt mycket kraft för att hålla henne från att falla, men mjukt nog för att inte krossa hennes inre organ. Den lyfte upp henne, högt i luften. Allt hon kunde se, allt hon kunde känna var jättens hud. Hårt som sten, men formbart som lera. Veras kropp skapade en kontur i dess hud, det var nästan bekvämt att stå fastklämd, en sorts trygghet fanns att finna.

Jätten släppte ned henne, mitt bland allt det döda krimskramset som uppgjorde Gabriels fantasiskog. Vera visste inte vad det var för sorts träd som omgav henne. De var höga som tallar, breda som ekar och med lika mycket grenar som en rönn. Tillsynes gjorda av sten, de slingrade sig omkring varandra långt upp i luften. På avstånd, mycket längre bort såg Vera en mycket bekant byggnad. Ett grått torn sträckte sig över trätopparna.

"Din far reste norrut tills han hittade en plats han kallade för sitt hem," sa Gabriel. "Eller snarare, en kvinna han kallade för sin hustru."

"Mamma?"

"Vad än Ylva såg i Rupert kommer jag aldrig att förstå. Kanske hon trodde han innerst inne var en god person. Kanske hon helt enkelt inte brydde sig."

Vera sprang fram mellan de döda träden. På vissa ställen hade de växt sig alldeles för tätt för att ta sig igenom. Som att de stackars träden hade sökt sig till varandra, de ville väl inte dö ensamma. Hon sprang vänster och höger mellan dem, hela tiden med blicken fäst vid tornet. Inte bara ville hon komma hem. Vera ville få avstånd från jätten. Även ifall dess uppgift ej var att döda henne. Precis som Vera skulle haft det svårt att se en myra springa genom gräs. För jätten måste Vera varit nästintill obefintlig.

"Till och med Ylvas föräldrar var blinda till den demon som gömde sig inom din far. En tystlåten läkare som byggde dockor på sin fritid. Om de bara visste hur han skapade sina dockor, hur han behandlade sina patienter. Då skulle de nog aldrig ha givit honom deras namn."

Bakom Vera, ljudet av ett knaster.

Jätten hade tagit ett steg åt sidan, ett dussintal träd krossades i manövern.

Vera sprang. Hjärtat slog. Mörkret och ljuset.

Ett och detsamma.

Vera placerade sin fot mittemellan två rötter, hon var på väg att falla, men lyckades kravla sig tag i en gren. Samtidigt som hon rätade till sin kropp släppte hon lös ett skri. "Jag vill hem! Snälla, bara låt mig gå hem."

Ett ljus uppstod bakom Vera, hon vände sig om. Gabriel stod där. Klädd i sin mörka kostym med sin höga hatt vilandes nonchalant på huvudet. Ur hans ögonjuveler kom ett svagt ljus, självständigt från den falska stjärnan.

"Förstår ni inte vad som…" började Gabriel säga.

Vera avbröt honom.

"Ge mig tillbaka far och Mona. Jag bryr mig inte om vad de har gjort. Låt oss bara leva våra liv!"

"Förstår ni inte? Med er far har ni inget liv."

"Du ljuger! Far skulle aldrig göra något för att skada mig. Vidriga demon, allt du gör är att ljuga!"

Vera placerade en loska rakt framför demonen.

"Vi är inga demoner," sa Gabriel.

Vera tog sig en titt omkring. Skogen tycktes vittra bort i realtid, stenträden blev till stoft, stoftet till moln. Rummet blev mer öde för varenda sekund.

"Vad skulle jag ens göra i en värld som denna? En oändlig öken, tom på allt förutom det där vidriga ljuset."

"Ni kommer bygga er egen värld. Hit kan ni föra alla era vänner, allt det ni önskar kommer ni att finna. Det är bara en fråga om fantasi."

"Jag vill hem, fattar du inte det?"

"Det finns en väg."

Jätten rörde sig bakom dem. De träd som fanns kvar krossades under jättens enorma fötter. Jätten flyttade sig bort från stjärnan, närmare tornet och satte ned sin hand bredvid Vera.

"Ni kommer verkligen inte gilla det," sa Gabriel.

"Vadå, ska jätten kasta hem mig?"

Gabriel gick fram till Vera och lyfte upp henne ovanför sig. Porer sträckte sig hela vägen längs jättens hand. Vera greppade tag i en och klättrade upp. Hon fann en duglig plats ovanpå handflatan, satte sig ned och gav jätten en frågande blick. Jätten tittade tillbaka, ögonjuvelerna på dess ena huvud så stora att de täckte halva ansiktet. Dess iris en gröngul ö, omgiven av ett illrött hav. Aldrig tycktes jätten behöva blinka, inte för att den kunde. Jätten besatt inga ögonlock, inga ögonfransar eller för den delen hår. Allt det ena huvudet hade var dess juveler, det andra huvudet, dess mun.

Jätten förde upp sin hand i luften. Vera kom att tänka på hur hon själv behandlat varelser så små som henne. Stackars myror.

Vera reste sig upp och korsade jättens handflata. Aldrig hade hon varit så här högt uppe. Adrenalin pumpade genom hennes blod, men den här gången var det inte alls beblandat med rädsla. Det här var ett härligt rus. Hon ställde sig vid kanten och blickade ut över det landskap hon nyss besökt. Tomt och oändligt. Skogen och husen hade försvunnit. Allt som fanns kvar var öknen som sträckte sig långt bort mot horisonten.

Jätten förde upp Vera i samma höjd som den falska stjärnan, flytandes i luften ovanför henne. De röda vågorna träffade henne, de kröp in genom hennes hud och ögon.

Vera gick tillbaka in mot handflatan och ramlade som jätten råkade rubba sin hand. Rörelsen var för jätten minimal, men för Vera en obehaglig färd.

Vera låg på sin sida, hon slöt sina ögonlock och försökte att inte låta sig själv påverkas av den falska stjärnans ljus, men vibrationerna blev för mycket. Flera bitar av nedbruten mat flög upp ur hennes mage, ut i hennes hår.

Vera öppnade åter sina ögon, hon befann sig rakt under den falska stjärnan. Ljuset grävde sig in genom hennes hy, ut genom venerna och så slutligen mot hennes hjärta.

Jätten tog tag om den falska stjärnan, lutade huvudet bakåt och slukade elden hel. En stråle av ljus fann sin väg ut genom jättens ögon. Den tittade ned på Vera som fortfarande låg ned.

Jätten förde henne närmare sitt andra huvud. Ett annat ljus öppnade upp sig. Den falska stjärnan hade återvänt för att föra henne vidare. Jätten höll Vera nära intill sitt ena ansikte. Den hade öppnat sin mun och behövde inget annat än att andas.

I fri fall genom jättens inre, rakt igenom den falska stjärnans kärna. Vera var medveten. Det var inte som att hon faktiskt brann. Ifall den brinnande globen hade varit en riktig stjärna skulle hon varit död. Brunnit ihjäl direkt.

Sensationen av att falla försvann ju mer Vera tänkte på det hela. Allt som existerade var ljuset. Bortkopplad från sin kropp, Vera flöt. Hennes närvaro hade format tillvaron och ljuset fyllde upp Veras sinnen. Om det var ett hemskt eller ett underbart ögonblick. Veras känslor fanns inte där. Allt hon förnimde var hennes hjärtrytm och andetag som hade fått en större betydelse. Ljuset pulserade i hennes rytm. För varenda andetag försvann ljuset iväg, för varenda hjärtslag kom det tillbaka. En visuell sorts musik, men akten hade inga ljud associerat till sig.

I tystnad bildades ett mörker i mitten av rummet. En sorts kraft i motsatt rörelse från ljuset. Mörkret bildade en glob kring Vera, en glob som drog åt sig, men samtidigt tryckte ifrån sig ljuset.

Vera kom att tänka på gåvorna Gabriel givit henne. Demonens ansikte var bortkopplat, men informationen fortfarande kvarstod.

Vätegas.

När Vera tänkte på behållaren som låg i hennes väska släpptes en kraftvåg lös i rummet. Den rörde sig bort från Vera, expanderade globen omkring henne och skapade sprickor i rummets struktur.

Ljus släpptes in genom sprickorna.

Små regndroppar över en torr öken.

Ljuset beblandade sig med mörkret.

Rummets struktur förändrades och gav ljus till den massa som tog form kring Vera. Globen hade ingen fast struktur. Tusentals celler vibrerade med varandra i globens mitt. Denna glob växte sig allt större.

Som Vera fokuserade på globen såg hon en blå ljusstrimma flyga igenom rummet. När hon tittade upp försvann strimman och blev ett med fältet av ljus som fortfarande omringade rummet. Vera tittade åter ned på globen som hade växt sig större för varenda hjärtslag. Hela tiden så susade hundratals ljusstrimmor omkring henne, men Vera kunde endast se dem i sitt perifera. Då och då gav de ljus till några andra, mycket större skepnader.

Precis som massan omkring henne. Rummet var fyllt av glober, de alla lyste. Inte det starka lyster som hos de flyktiga strimmorna, susandes omkring henne.

Globerna utsöndrade ett svagare ljus av en röd karaktär. Som ljuset från den falska stjärnan.

Om fältet från det ursprungliga ljuset fanns kvar, det gick inte längre att se. Strimmorna och globerna dränkte hela rummet i ljus och värme.

Tillvaron blev allt mindre.

Globerna kretsade allt närmare kring varandra. De alla kämpade för att inte stöta på varandra, men en kraft pressade ihop dem. Hundratals främmande ting tryckte ihop Vera mellan sig.

Hennes kropp, en förgången dröm.

Hennes sinne, fasansfullt trångt.

Mitt i allting kände Vera sympati för sin egen glob. Egentligen inte mer speciell än någon av dem andra. Den hade, precis som hon själv, ingen kontroll över sitt öde, globen blev ihopklämd i en kamp som inte var dess egen. Kraften hade tryckt ihop dem såpass att flera glober vidrörde varandra. En glob, framför alla de andra, var avsevärt nära hennes egen glob. Den strök sig mot henne.

Spänningen i rummet, enormt hög.

Globerna gled som de gnuggades mot varandra. Ingen av dem var ämnade för varandra, men på ett ögonblick förändrades allt. Den andra globen slöt sig in i hennes och hennes in i den andra. I en fasansfull explossion slogs de ihop.

En tryckvåg av ljus spred sig genom rummet.

När denna tryckvåg försvann, lämnade den efter sig en hastig glimt av situationen. Alla glober hade funnit en partner. I ljuset såg hon konturen av en mycket större glob.

Vera förstod nu att hon beskådade ingenting alls.

Vera var globen och globen var Vera.

Nu dubbelt så stor.

De andra skepnaderna susade omkring henne. Ännu var inte kraften klar med sin sak. I snabbare takt än förut pressades globerna ihop. Känslan av att bli ihoptryckt med något annat. En känsla Vera aldrig kunnat erfara, varken vid liv eller död.

I en explosion på en ännu större skala blev två till ett. Vera tvivlade att de andra globerna var lika medvetna som henne, men de verkade alla dela samma avsmak för varandra. De andra globerna kunde gärna dra åt helvete för allt Vera brydde sig. Hon var ju visserligen vid det här laget, ihopsatt med tre andra, men de var en del av henne. Ingenting hon kunde hjälpa.

Varenda gång globerna förenades blev kraften som tryckte ihop de starkare. För varenda ny del Vera var tvungen att ta till sig blev hon svagare. Hon kom att tänka på de blå ljusstrimmorna. Kanske de fortfarande fanns kvar där någonstans.

De underbara ljusstrimmorna… allt hon ville…

Eller vänta. Mona, mor och far!

En smula av Veras identitet återvände. Rummet omkring henne var inte hennes eget. Globen var inte Vera! Vad än hon tagit del av. Det var tvungen att ta slut. En ny glob pressade upp sig mot henne. Den här gången skulle hon inte ta det. Ännu hade Vera två kort kvar att spela. Vatten och nihilium.

Blotta tanken skakade hela rummet.

Globerna vred sig i ett enformigt mönster. Som att de var gjorda av gummi, de sträcktes ut och drogs ihop. Någonting töjde på dem. Kraften fick alla glober att lätta från sina banor kring varandra.

I en elegant rörelse flöt globerna bort från Vera.

Ljuset och värmen de avsände, avtog.

Strimmorna av blått ljus återvände. Regndroppar mot en mörk himmel. Fem stycken var på väg rakt mot Vera. På avstånd drogs de mot henne. Hon sträckte på sig, men som strimmorna träffade hennes glob uppstod ingen eufori. Snarare som en spark i magen.

Strimmorna slog Vera ut ur globen, på en resa genom intet. En färd genom universum.

Sensationen av att falla och samtidigt flyta fanns där, likaså bilden av det grå tornet.

Så högt och målad i en sådan färglös ton.

Tornet var av absolut betydelse.

Om Vera flöt eller föll. Som hon fortsatte på sin resa uppstod punkter av blått ljus omkring henne. Stjärnor på en kolsvart himmel. Långt där borta låg de och gav gnistor av ljus till Vera som föll upp genom rummet. Hur lång tid sedan hon blev uppslukad av jätten? En fråga utan svar.

Som hon nu mållöst flöt omkring kändes tiden omöjligt utdragen. Om tiden ens existerar. Det var ett fenomen Vera inte bar med sig. Att föreställa sig världen hon nyss besökt var svårt nog mot konstrasten av evigheten. För att inte tala om hennes hem. Endast tornet fanns kvar för att ge henne hopp. Bilden av hur den klättrade upp mot molnen.

Det var inte bara ett torn.

Det var en brygga.

Gick den att nå?

Detta oändliga rum.

Denna tomhet.

Detta inte.

Var det slutet för fars patienter?

6.
Mona.

Aftonstjärnan, namnet på Hälsings mest luxuösa restaurang. Väggarna var målade i en vinröd skara och på borden låg dukar i matchande gult och rött. Tre uppsättningar bestick för de olika målen och tre sorters glas för vatten, vin och sprit. Gästerna var till mestadels medelålders män. Vissa i sällskap av deras fruar. Andra tillsammans med deras betydlig yngre älskarinnor. De åt inte ens upp maten de blev serverade, mer intresserade var de av mängderna alkohol kyparna kom förbi för att hälla upp.

Utanför. Dold i den mörka Oktoberaftonen stod Mona och tittade på genom ett fönster. Inte ännu en kvinna, men inte längre en flicka. Hon var klädd i trasor och skulle aldrig hoppas få ett bord på ett sådant fint etablissemang. Istället fick hon nöja sig med att stå och se på hur servitörerna dukade av de halvt uppätna måltiderna. Ibland kom en snäll kypare ut för att ge henne några av gästernas rester, men det hade varit länge sedan sist.

En hel timme rann förbi innan hovmästaren mötte Monas hungriga blick. Han tog ett par snabba steg ut ur restaurangen och med is bakom ögonen, började han spy ut hat mot henne.

“Din djävla snorunge. Jag har sagt åt dig att vi inte vill se dig häromkring!”

Mona såg hur hans mun rörde sig i takt med orden, men allt han hade att säga studsade av hennes sinne. Mer fokuserad var på hon hans kraftiga överkropp. En kortbyggd, men muskulös man den här hovmästaren. Hans hår var slickat och hans armar i en låst position kring magen.

"Kan inte jag få något att äta?" frågade Mona.

"Vi har redan givit dig nog!" röt hovmästaren med sådan tyngd att saliv flög ut ur hans mun. Du får gästerna att må illa. Försvinn härifrån innan jag kallar på vakt!"

"Snälla, jag är så hungrig…"

Hovmästaren tog tag i Monas arm och ledde henne nedför trottoaren. Så fort de försvann ur restaurangens synfält, knuffade han bort henne.

"Du är en avskyvärd syn!" röt han och gick iväg.

Nu förstod Mona att hon här inte skulle få någon välgörenhet. Hon gick sin väg nedför bakgatan, bort mot sitt hörn utanför den övergivna kåken. Ifall hon kunde skulle Mona gärna spenderat natten inomhus, men att bryta sig in i byggnaden var inte ett alternativ. Folket i Hälsing letade efter en anledning att jaga iväg henne. Arbetslös och hemlös som hon var. Dessa tursamma människor ogillade att se fattigdomens ansikte och Monas var det fattigaste av dem alla.

I sitt hörn var Mona iallafall skyddad från vädrets oförstående makt och nu som vindarna blev allt kallare för varenda dag. Detta övergivna hus var det enda hon hade att glädjas åt. Mona satte sig ned och tänkte tillbaka på hur hon hamnat denna miserabla sits. För inte så länge sedan hade hon varit hemma i sitt kloster.

Hon hade lämnat värmen och hennes familj bakom i hopp om att göra något mer av sitt liv. Det här var väl hennes straff. Ensam på en okänd gata i en okänd stad.

Det hände att vissa ibland kom förbi och hjälpte henne med en slant eller en bit bröd. Omtänksamma människor fanns överallt, men de var då minst sagt sällsynta.

Med kroppen hopkrupen mot väggen och med en smutsig tygbit omsluten kring sig. Mona såg ut som en kvarglömd säck potatis. Som hon slöt sina ögonlock för att vila kom en av de så sällsynta främlingarna förbi. "Det får mitt hjärta att verka," sa han. "Att se en människa så ung och vacker, så mager och trött."

Mona tittade upp på honom. Mannen var minst femton år äldre än henne och klädd i en stilig kostym av det senaste modet. Han skulle mycket väl kunnat vara en av gästerna från Aftonstjärnan.

"Kom med mig," sa mannen. "Jag ska se till att du får ett rent ombyte kläder och sedan kan du göra mig och min familj sällskap vid middagsbordet."

En främling så givmild fick Vera att tänka till. Varför skulle en förmögen man bjuda hem en hemlös kvinna? Bara för att vara snäll? Nej, Mona visste då bättre.

"Tack, men det är för mycket. Jag vet inte ens vad du heter!"

Mannen räckte ut sin hand. "Mitt namn är doktor Rupert de la Croix och jag lovar att det inte är för mycket. Kom nu."

Mona kunde inte riktigt se honom i ansiktet. Det kändes fel att tacka nej till en sådan, tillsynes, hederlig gest. Tröttsamt reste sig Mona.

Rupert fångade henne och tog graciöst tag om Monas arm. I ett lugnt tempo eskorterade han henne förbi Aftonstjärnan. Hovmästaren stod utanför och tog farväl till ett av sällskapen. Minen på hans ansikte var ett uttryck Mona aldrig skulle glömma. Musklerna omkring hans ansikte var spända och isen som en gång klätt hans blick, förvandlades till ånga. En sorts blandning mellan avund och ilska.

En känsla Mona för länge sedan tappat bort hade återvänt. Hovmästaren, de gamla gubbarna och deras bortskämda älskarinnor. De var inte bättre än Mona. Deras liv var inte mer värdefulla. Med Rupert vid sin sida, kanske Mona kunde återfå ett någorlunda normalt liv.

De gick upp till Hälsings huvudgata, parkerad vid sidan av vägen stod främlingens bil. Ett enastående fordon, glansigt svart till färgen och utan tvekan med ett hantverk under motorhuven, en bil som denna måste ha kostat multum.

"Jag bor inte mer än en halvtimmes resa härifrån," sa Rupert och öppnade dörren till passagerar sätet.

Mona steg in, hennes mage vred och vände sig så hårt att det var svårt att andas, inte minst var hon hungrig, nervositeten steg.

Mannen öppnade dörren till fören, satte sig och tände igång bilens motor. Mona kände bilens väldiga kraft under sina fötter som de for iväg från Hälsing. Inom kort befann de sig ute på landsvägen, endast skog gick att se omkring dem. Det enda ljuset som gick att se kom från bilens strålkastare.

Vad som oroade Mona var det faktum att denna främling vid hennes sida, denna doktor Rupert de la Croix, var då inte en pratglad person. Han hade inte yttrat ett ord sedan de steg in i bilen.

"Ni sa att ni hade en familj," sa Mona för att bryta tystnaden.

"Det stämmer," sa Rupert utan att släppa blicken från vägen. "Jag har en fru och en dotter."

"Så, jag antar att ni vill att jag ska arbeta för er?"

"Arbeta?" Rupert gav henne en frågande blick, men tittade snart tillbaka på vägen. "Nej, varför skulle jag vilja det?"

"Någon anledning måste ni väl ha för att hjälpa mig."

Rupert sa ingenting. I flera minuter satt han tyst, fokuserad på att köra bilen.

"Förlåt mig," sa Mona. "Jag menade inte att…"

Rupert lyfte upp sin hand. "Ingen anledning att be om ursäkt, jag kan förstå att du känner dig illa tillfreds. Du förstår, gud satte oss på den här planeten för att hjälpa varandra. Jag gör bara min del."

"Det finns inte många goda människor kvar dessa tider. Tack för att du finns."

Efter en lång resa längs vägen stannade mannen vid ett rött hus byggt av tegel, han körde upp på en gles väg som ledde in i skogen. I bilens strålkastare syntes inget annat än konturena av de många träden, svajandes med vinden. Skogen omkring dem måste varit urgammal, full av liv och orörd av mänskligheten.

Några minuter senare hade de kommit fram till mannens hem. Ett stort herrgårdshus byggt av trä. En anspråkslös, lite väl alldaglig sorts byggnad för en man som verkade så förmögen. På baksidan stod ett torn som tycktes sträcka sig hela vägen upp till himlen. Rupert parkerade bilen vid husets sida, stängde av motorn och gick ut ur fordonet. Mona satt kvar. Hennes mage gjorde volter, kinderna som två kokplattor och händerna skakandes som en flagga i vinden. Innan hon ens hunnits samla sina tankar hade Rupert öppnat dörren till passagerarsätet. Han räckte över sin hand och hjälpte Mona ut, innan han varsamt låste bilens dörrar.

Med flickans arm under sin egen tog mannen med henne mot sitt hem. Mona själv hade sin blick fäst på molnen och tornet. Det sträckte sig så högt att Mona knappt kunde se var tornet slutade och himlen började.

Ytterdörren var gjord av björk, med treuddiga stjärnor ingraverade i trät. Rupert låste upp dörren och ledde Mona in genom farstun. På väggen hängde ett porträtt på hans familj. I bilden stod mannen klädd i en vit kostym och bredivd honom hans änglalikt vackra fru. Inte nog med att hon hade ett ansikte av perfekta proportioner, hon hade sitt ljusa hår utsläppt och var klädd i en klänning av vitt sammet. Mellan dem stod deras dotter. En flicka med en glimt i hennes klara ögon. Klädd i samma sorts klänning. Flickan såg ut som en yngre variant av modern.

"Är de inte vackra?" frågade Rupert.

Mona nickade som svar.

De gick vidare in i en massiv sal. Rupert slog igång belysningen och avslöjade ett hushåll som skrek av välfärd samtidigt som det var grått och tråkigt. Väggarna var omålade, men på dem hängde tavlor av abstrakt konst. Golvet var gjort av trä, men verkade sedan länge nött. I mitten av allting stod en trappa som var på väg att falla ihop.

De gick vidare in genom vardagsrummet och sedan in i en stor matsal. Dessa rum var besmyckade med kristallkronor hängades från taken och med dyrbara mattor på golven. En massa objekt mer värdefulla än liv, men inte så mycket som ett spår av hans familj.

De kom fram till hushållets kök, Rupert drog undan en matta och öppnade upp en fallucka. En stege av rostig metall ledde ned till källaren. Ned i byggnadens tarmar.

"Du sa att vi skulle äta middag med din familj," sa Mona med en darrig röst.

"Jag hade inte insett hur sent det var. Ylva och Vera ligger nog redan och sover, men kom med här. Jag lovar att mätta din hunger."

Mona klättrade ned först. Metallen var iskall och skickade kårar genom hennes ryggrad. Nedanför fann hon sig själv i en mörk och damp korridor.

"Jag vill inte det här," snyftade Mona som Rupert kom ned. "Snälla, kan vi inte äta där uppe?"

Rupert la sin arm kring hennes axel, förde henne närmare och ledde Mona ned i korridoren.

"Var inte rädd, jag lovar att din själ är räddad."

Längre ned i korridoren stod en dörr. Insjunken och vattenskadad, den såg ut att vara hundratals år gammal.

Rupert tog från sin innerficka fram en nyckel och låste upp dörren. Hela tiden så höll han Mona nära intill sig. Hennes kropp började skaka okontrollerbart. Rupert strök hennes hand.

"Vad ska bli av mig?" stammade Mona fram.

"Du ska få dig din måltid och ett rent ombyte kläder, jag håller mina ord ska du veta. Jag vet att det inte är en hemtrevlig plats, men här nere finns det andra som du."

"Andra som jag?"

"Sjuka, hemlösa och fattiga. Människor som ej har haft turen med sig i livet."

Källaren var byggd av en mörkgrå sten. Lampor var sporadiskt uppsatta längs väggarna och försåg rummet med ljus. Ingenstans såg Mona skymten av de andra personerna Rupert nämnt.

De kom fram till ett rum där en rad bänkar stod linjerade fram mot ett altare byggt av sten och med treuddiga stjärnor ingraverade. I taket hängde ett kors besmyckat med juveler. Det hela såg ut som ett kapell.

"På söndagar håller vi gudstjänst här inne," sa Rupert som de gick vidare.

"Så, du är en präst?"

"Nja, inte riktigt. Jag är en dockmakare och en läkare, men du ska bara veta framstegen mina patienter gör med gud vid sin sida."

På andra sidan kapellet gick de genom en port gjord av samma gråsten som väggarna och därefter nedför en spiraltrappa. Rupert höll i Mona allt hårdare som de gick in i ett rum med en jättelik kristallkrona hängandes från taket. Placerat i perfekt symmetri under kronan, ett stort cirkelformat bord.

"Sätt dig så ska jag se vad jag har att bjuda på," sa Rupert, pekade på en av stolarna kring bordet och försvann iväg genom en dörr.

Mona gjorde som han sa och satte sig ned på stolen, vid hennes sida stod ett par glas och en karaff fylld till toppen med vatten. Hon tog sig an ett glas och hällde i sig den underbara vätskan. Det var länge sedan hon druckit något så rent. Den där behagliga, något metalliska smaken spred sig i hennes gom. Hon hällde genast upp ett till glas och drack upp det lika snabbt.

Efter ett par minuter kom Rupert tillbaka med en brödkorg i ena handen och en tallrik med smör, skinka och ost i den andra.

"Du får ursäkta mig, jag hade visst inte så mycket roligt här nere." Rupert satte ned maten framför Mona.

"Det här är mer än tillräckligt!"

Mona tog en bit bröd, bredde på en generös mängd smör och la på en skiva skinka. Mona slukade smörgåsen och gjorde genast en ny åt sig själv. Den här gången med en bit ost.

Efter att ha ätit upp halva smörgåsen hade magsäcken redan börjat bli full. Efter att inte ha ätit på flera dagar, Monas mage var inte redo för så mycket näring. Det gjorde likväl detsamma vad hennes kropp hade att säga. Mona skulle äta upp varenda tugga av den mat hon blivit serverad.

Vid hennes sida hade Rupert slagit sig ned. Han tog ett glas och fyllde upp det till toppen med vatten. Inte för att han drack utav det. Som ett sorts konstverk, han höll upp glaset framför sig och granskade det stilla vattnet.

"Glöm nu inte att dricka också. Det är viktigt för matsmältningen." Rupert ställde ned glaset framför Monas tallrik. Hon tog en klunk av sitt tredje glas.

"Dem andra människorna du talade om, vart är de nånstans?" frågade Mona.

"Oroa dig inte om dem, fortsätt bara äta."

Den sista biten smörgås åt Mona upp i ett nafs. Hon sträckte på sig, släppte ut en gäspning och greppade tag om en bit ost, men tappade genast ned den på tallriken.

Något var på tok. Mona hade ingen känsel i sina fingerspetsar.

Rupert ställde sig upp bakom hennes stol och la sin hand på hennes axel.

"Oroa dig inte, fortsätt äta."

Den metalliska smaken hade spridit sig genom hela Monas gom. Det var inte så vatten skulle smaka. Rummet svajade omkring henne. Hungern var borta, men ersatt av något annat. Mona la sitt huvud mot bordet och tittade upp mot taket. Kristallkronan for upp och ned, fram och tillbaks, åt höger och vänster. Den fyllde rummet med ljus och färg, men inom kort slocknade den helt, allting blev mörkt.

Vad som kunde ha varit ett par timmar eller likväl flera dygn gled förbi innan Mona vaknade. Till en början var händelserna hur hon kommit dit en enda minneslucka, men som en klackspark mot hennes sinne, inom loppet på en minut kom allt tillbaka. Läkaren, vattnet och denna snuskiga källare. Mona hade fallit rakt i hans fälla.

Mona fann sig själv på en skramlig säng, i en trång cell utan fönster. En cell tom på alla förnödenheter förutom en hink vatten ståendes vid en nedsjunken dörr gjord av trä. Det fanns dock något annat där. En förnimmelse som fick näsan att kittlas, en lukt som påminde om ruttet kött blandat med klor.

Mona reste sig ur sin säng och for fram till dörren, frenetiskt ryckte hon i handtaget, dessvärre var inte dörren bara låst, den var som fastspikad i sin ram. Hur hårt Mona än ryckte, dörren satt fast. Mona insåg nu att hon inte var ensam i sin cell. Ovanpå en annan säng låg en äldre herre, det var han som utsöndrade stanken. Klädd i en grå overall, håret på hans huvud var långt och tovigt och kring hans käke växte ett skägg lika förstört och försummat som håret på hans hjässa. Hans ansikte gav Mona kväljningar. Mörbultad bortom intet.

Läkaren hade tagit hans ögon och förstört hans näsa och öron.

Mona hade svårt att tro hennes cellkamrat ens var vid liv. Förmodligen var han sjuk redan från första början och med såren överallt i ansiktet. Hans tid var räknad, frågan var bara hur lång tid han hade kvar i detta liv, detta trånga rum.

Läkaren hade talat om andra människor han hjälpt, var det en sån behandling Mona kunde förvänta sig?

För att rädda den gamle mannens liv behövde Mona agera snabbt. Hon letade rätt på hans puls och fann rytmen av ett hjärta som slog på sin sista vers. Mona ryckte bort en bit tyg från filten på hennes säng och dränkte tyget i hinken med vatten. Hon satte sig vid mannens sida och började rensa bort det stoft som täckte mannens ansikte. En underlig substans. Hårt som sten, sprött som aska, men ändå med en viss formbarhet. Som att läkaren hade blandat lim med cement och tryckt in det i mannens ansikte.

Efter att ha grävt bort mängder av detta stoft ut ur hans ögongropar stötte Mona på en stenhård skorpa. Hon satte in sina fingrar för att rycka bort den, men mindes vad hennes moder hade lärt henne. Skorpan fanns där för en anledningen, det var kroppens sätt att skydda sig själv från den bakteriefyllda miljö vi ofta lever i. Mona bestämde sig istället för att fortsätta rengöra såren kring hans näsa, kring hans öron och inuti hans mun. Den stackars mannen verkade inte ha en kroppsöppning fri från det vidriga stoftet.

Ifall Mona hade haft antibiotika och några bandage kanske hon kunnat rädda ett liv, men hur mycket stoft hon än grävde bort. Mannens kropp producerade mer.

"Åh Magda, du har kommit tillbaka till mig," sa den gamle mannen med en grumlig röst.

Mona bara stirrade på hans mun som den rörde sig i samklang med hans ord.

"Det har inte varit lätt sedan du försvann," fortsatte mannen, mer och mer klar för varenda ord han yttrade.

"Nu är vi tillsammans igen och sanna mina ord när jag säger att jag ska föra dig bort från denna mörka plats." Mannen tog försiktigt tag om Monas hand och strök sina fingrar längs hennes handflata.

"Jag älskar dig Magda, jag hoppas att du vet det."

Mona klämde tag i hans hand.

"Jag älskar dig med," viskade Mona in i ett av hans förstörda öron. Osäker på om han ens kunde höra vad hon sa. Han gäspade djupt och förlorade åter sitt medvetande. Cellen blev tyst och Mona ensam. Hon letade rätt på hans puls och blev belåten att känna hans hjärta slå.

Mona slog sig ned på sin säng och undrade vad som väntade henne härnäst. Hon slöt sina ögonlock och lutade sig bakåt. Om så bara för en minut lät hon sitt sinne vandra. Hon tänkte tillbaka på gamla minnen. På barndomen och hennes ungdom spenderat vid klostret. Mona hade trott att hon avskydde det livet. Sådana långtråkiga dagar utan något att visa upp i detta liv. All den strävan efter ett mått som inte var hennes eget. Hon hade lämnat klostret i hopp att få uppleva den *verkliga* världen och det *verkliga* livet. Var det här det hon hade fantiserat om? Att vara inlåst med en man som inte hade något annat än sina drömmar?

Snart skulle Mona dö och inte en endaste person skulle minnas henne. Systrarna hade aldrig varit henne kära, inte på riktigt iallafall. De hade alltid ställt henne åt sidan, behandlat henne som ett barn. De var säkert glada över att se henne försvinna, men om de visste just vart hon befann sig... som tankarna blev för mycket reste sig Mona och letade rätt på mannens livstecken.

Hans puls var någorlunda stabil, men hans andetag blev allt slöare för varenda minut. Hans anda på väg att ge upp.

Efter flera timmar av tystnad slogs dörren upp. In kom Rupert faraneds. Klädd i en vit rock och ett par tjocka glasögon. Han såg visserligen ut som en läkare, men Mona visste bättre. Denna man var inte intresserad av att hjälpa någon. I hans huvud fanns endast tankar om lidande och tortyr. Här för att hämta Monas sinnen och hennes förnuft.

Hon satt stilla på sin säng och fyllde hennes lungor med defekt luft.

För tillfället verkade han inte alls intresserad av henne. Hans uppmärksamhet var riktad mot den stackars mannen. Rupert såg förvånad ut som han tryckte in sina fingrar i sin patients ögongropar.

"Har du gjort det här?" frågade han och tittade på Mona. "Jag måste få veta, har han sagt någonting till dig? Har han sagt något om änglarna?"

Själv försökte Mona undvika ögonkontakt, men som hon stirrade ned mot golvet såg hon läkarens ansikte i sitt perifiera. Ett leende över läpparna och beundran bakom hans tjocka glasögon.

"Berätta för mig, var inte rädd."

Mona teg.

"Du måste tro mig vara ett monster," sa Rupert och satte sig ned bredvid Mona.

"Hur kan du göra något sådant mot en annan människa?" röt Mona. "Vad kan han ha gjort för att förtjäna det där?"

"Du måste lita på mig när jag säger att han är på en bättre plats. Han är tillsammans med sin familj. Han är tillsammans med gud! Nu, berätta för mig. Sa han någonting om änglarna?"

"Nej! Han trodde mig vara sin hustru, han sa att han älskade mig. Ingenting annat."

Rupert suckade.

"Vi måste bara ge honom lite mer tid. Sådana här fall är komplicerade," sa Rupert.

Mona ställde sig upp och pekade på den ansiktslöse.

"Ge honom mer tid? Om inte han får sjukvård snart kommer han att dö! Vad är du för sorts läkare som inte ens förstår när dina patienter är sjuka?"

"Som du lär känna mig kommer du förstå att jag faktiskt är en god människa. Jag gör ingenting för att skada dessa människor. Jag gör guds arbete, jag gör världen till en bättre plats."

Rupert talade med en avsevärd glimt i sina ögon. Svårt att avgöra ifall det var en ton av ärlighet eller en fläck av dold ambition.

"Vad kommer bli av mig?" frågade Mona.

"Jag vet inte, vad vill du?"

"Jag vill att du tar mig tillbaka till Hälsing."

"Det kan jag tyvärr inte tillåta. Du vet redan för mycket om mitt arbete."

"Så du kommer ta mina sinnen ifrån mig? Lämna mig att ruttna som om jag vore ett stycke kött?"

Rupert skrattade, ett högljutt läte från botten av hans mage.

"Nej, du har redan visat dig vara en kapabel ung kvinna. Säg mig, vad skulle du säga om ett arbete?"

"Arbeta med vadå?"

"Jag behöver en assistent. Du kan få ta hand om mina patienter när jag själv inte har tid."

"Vad om jag säger nej?"

"Du kan självklart tjäna mig på andra vis, men jag behöver verkligen en assistent."

7.

Vera låg ned på golvet, alldeles utanför den dörr som ledde till demonernas värld. Bettet som hade väckt henne tidigare samma afton sved fasansfullt. Hon öppnade sina ögonlock, satte sig upp och tog ett djupt andetag. Luften var tjock, kittlandes och fylld av en rutten odör. Lite längre bort, vid altaret, låg de tre liken och ruttnade i en oerhörd hastighet. Snarare tre stycken slemmiga och gröngula pölar än någonting som liknade människors kroppar. När Vera andades ut sköljde en våg av smärta över hennes kropp. Hon hade nästan glömt bort hur hon hade skurit sin arm. Hela hennes blus var täckt av blod.

Vera kände inte alls för att resa sig upp, men hon var ju iallafall tillbaka i sitt hem. Någonting att glädjas för.

Nej, inte än.

Först var hon tvungen att finna far och Mona.

Vera tog ett till andetag och tvingade sig själv upp på sina fötter. Benen kändes som de skulle braka ihop under hennes vikt. Stanken i rummet störde henne inte, vidrigare var den halvt nedbrutna maten insmord i Veras hår. Lukten fick henne att vilja spy upp allt på nytt.

Den nedsjunkna dörren stod öppen.

Vera steg in. Det var inte alls den korridor hon hade kämpat sig igenom, snarare ett tråkigt kontorsrum. Vid hennes sida stod en tom bokhylla, framför henne stod ett skrivbord och en enslig liten stol. På golvet, lutandes mot väggen, satt far. Helt oskadd!

Vera satte sig ned bredvid honom och försökte skaka liv i sin far.

"Pappa! Äntligen har jag hittat dig!"

Inget svar.

Lite hårdare tog Vera tag om hans axlar.

"Det är dags att vakna nu!"

Hon var på väg att ge honom en örfil, om så bara för att väcka honom, när far öppnade sina ögon och rättade till sina glasögon. Han skakade på huvudet och muttrade fram en fras på ett språk Vera inte kände igen.

Mia nomo ne estas pappa.

"Vad sa du?"

"Kalla mig inte för det där ordet!"

"Åh far, snälla förlåt mig. Jag blev bara så glad!"

Vera kramade om sin far. För ett ögonblick satt han bara där, stilla och mållös, men inom kort tryckte han bort sin älskade dotter, sin mest värdefulla ägodel och reste sig upp.

Far tittade ned på Vera utan att tala.

Vera tittade upp på honom utan att heller yttra sig.

"Vad har du gjort nu?" frågade far efter ett tag.

"Jag har inte gjort någonting. Dina monster, de kom upp till mitt rum!"

"Det finns inga monster."

"Nej, men demonerna. Vad du än vill kalla dem."

"De är inga demoner, de är människor precis som du och jag..." Far hade inte en aning om vad som hade hänt. Gabriel måste ha hållit honom i en sorts trans. Aldrig skulle far reagerat så kallt om han visste hur illa hans dotter blivit behandlad.

"Det var inte så här jag ville att du skulle få reda på vad jag sysslade med. Om du måste veta, jag har faktiskt planerat detta ögonblick länge."

Rupert la sin hand på Veras axel. Han såg hennes vita blus färgad röd av hennes eget blod.

"Vad har hänt?" brast han ut.

"De tog mig bortom stjärnorna, till en evig öken. Till den värld du för dina offer!"

"Vilka då? Vilka har fört bort dig?"

"Gabriel och Zakar. Dina fåglar eller vad du vill att jag ska kalla dem."

En eld tändes i fars ögon.

"Jag bryr mig inte vad du har gjort," sa Vera. "Så länge jag har dig och Mona kan jag leva med vad som helst!"

Veras ord hade ingen inverkan. Far lyssnade inte på henne. En obehaglig idé låg och bland hans tankar. Trots allt Vera hade sett, hon ville inte ens föreställa sig vad det var. När allt kom omkring kunde allt vara så enkelt. De kunde lämna deras liv bakom. Flytta iväg och leva som en riktig familj, med riktiga arbeten och riktiga vänner.

"Nej, nej. Så här kan vi inte ha det," sa far och tog ett steg förbi Vera. Han tog en snabb titt in i kapellet för att sedan vända sig tillbaka mot sin dotter.

"Sa han någonting om mig?"

"Ja och han..."

"Sa de något om din mor?"

"Ja och far, vad var det som hände med henne?"

"Du får vänta Vera, ingen tid för frågor."

Far tog igen ett steg förbi sin dotter och öppnade upp en av skrivbordets lådor.

"Vad hände med mor?" frågade Vera.

"Inte nu!"

Rupert rotade igenom lådan, men fann tydligen inte det han sökte efter. Han slet upp en annan låda och likaså rotade han igenom dess innehåll.

"Jag kräver att få veta. Vad hände med mor?"

Far gav sin dotter en besvärad blick. Han tog tag om Veras hand och drog med henne ut i kapellet. Han höll tag om henne på tok för hårt och helt utan orsak. Vera skulle ha följt med ändå.

I ett ständigt eskalerande tempo skyndade de sig genom kapellet. Far gick rakt över Jons slemmiga kvarlevor. Vera gjorde sitt bästa i att undvika det livlösa jox som en gång varit hennes vän. De gick in i operationssalen. Far drog sin dotter fram till ett av borden, lyfte upp henne och log brett.

"Det här kommer bara ta en minut," sa far.

Vera hoppade genast ned. Tyst stod hon och stirrade. Far antog tydligen att hon skulle reagera som vilken flicka som helst. Nej, Vera visste bättre. Far gick bort till ett av skåpen, öppnade upp en av luckorna och fann genast det han sökte. En spruta, en kanyl och en liten flaska fylld av serum. Han fyllde upp behållaren när en bekant röst hördes borta från bostaden.

"Doktorn, är det verkligen du?"

Mona skyndade sig fram för att ge far en kyss. I sin hand höll hon fortfarande tag om sin pistol.

Far svarade genom att trycka upp sin hand mot Monas ansikte för att sedan pressa henne åt sidan.

“Kom inte hit med något socker. Vart har du varit hela kvällen?”

“Jag gick iväg för att hitta Vera,” sa Mona med svajig röst. “Hon var här alldeles nyss, jag sa åt henne att vänta i sitt rum tills allt var över.”

Far tittade bort mot Vera.

Monas blick följde med, helt ovetandes om vad far hade i gärningen. Hon for fram till Vera och omfamnade henne. Flera gånger om pussade Mona Vera på kinden och på pannan.

Till en början blev Vera nästan lite irriterad över beteendet, men som hon stod där, omfamnad av denna varma människa. Vera brast ut i skratt.

“Eftersom vi alla är här, låt oss gå,” sa Mona och släppte taget om Vera. “Låt oss försvinna härifrån och aldrig komma tillbaka.”

“Försvinna? Vi kan inte bara försvinna. Vad skulle folk säga om de fann mitt arbete?”

“Det spelar ingen roll. Vi kan befinna oss på andra sidan jordklotet vid den tiden. Ylvas släkt, de skulle väl ta hand om oss?”

“Min döda frus släkt… de avskyr mig.”

“Men de bryr sig om Vera, de skulle säkert bli glada över att ha henne där.”

“Tror du att jag skulle lämna över mitt enda barn till de där svinen?”

Om far förväntade sig ett svar, Mona hade inget.

“Nej min dotters plats är vid min sida. Jag kan inte bara lämna mitt arbete. Jag har en perfekt situation här. Vi måste bara återfå kontroll.”

"Någon har befriat alla patienter," sa Mona. Hennes röst låg och med blicken fäst på väggen.

"Vi behöver bara vänta några timmar. De dör utan deras medicinering och ifall de inte dör naturligt. Jag ser att du har min pistol. Gå bort till porten och håll vakt. Jag har ett litet bekymmer att åtgärda."

Far tog ett steg mot Vera som mycket väl förstod vad han hade för bekymmer att åtgärda. Hon svalde sin anda och la sin hand i sin väska.

Även Mona förstod vad som försiggick. Hon tog ett par snabba steg fram mot far och tog tag i hans arm.

"Du kan inte. Hon är ju bara ett barn."

"Det är just därför det måste ske nu!"

"Vi kan finna tio andra pojkar och flickor att ta hennes plats, snälla Rupert."

Far slog undan Monas hand.

"Du missar poängen. Hon börjar bli en kvinna. Kan du tänka dig vad de där monstren skulle ha gjort ifall de hade fått tag på henne? Om det inte vore för Gabriel…"

Vera klarade inte av att se far tala till Mona på det viset. Hon tog ett steg fram. "De är inga monster. Som du sa själv, de är människor precis som du och jag!"

En glödhet blomma fann liv i fars blick, den växte sig större som han knuffade undan Mona och gick fram till sin dotter. Han la sin ena hand på Veras axel, redo att injicera henne med den andra."

"Du borde förstå att jag vill ge dig en gåva."

Vera såg honom i ögonen. "Tror du allvarligt att människorna du torterar kommer till gud? Seriöst alltså, är du så dum?" Vera drog sig undan.

"Gud verkar på mystiska sätt," sa far. "Det var när jag var i din ålder som jag först träffade Gabriel. Vägen mellan himmel och jord är bruten. Jag förser gud med kroppar, med människor, med själar. Jag visar några lyckligtlottade himmelriket, i utbyte får änglarna ett fordon att färdas i."

"Det finns inga änglar. De väsen du har släppt lös, de är från en annan värld."

"Väsen? Vad ens menar du med det ordet? Lyssna på mig Vera, våran värld står inför många bekymmer. Fattigdom, krig och svält. När du blir äldre kommer du att förstå att endast gud kan lösa dessa problem."

Far böjde sig ned och gav sin dotter en lös kram. Vera stod stilla, fortfarande med handen i väskan. Hennes kniv låg kvar sedan hon senast använt den mot Zakar, den frätande smörja som pumpade runt i demonens inre var som insmord i bladet. Även den gåva som Gabriel hade givit henne låg kvar. De tre behållarna. Vätegas, vatten och nihilium. Ämnena hade förenat sig med varandra och bildat en sorts triangelformad kristall.

Far tog tag i Veras arm. Han sprutade ut lite serum och gned försiktigt in det i hennes hy.

"Du har ingenting att vara rädd för…" sa han.

Mona tog ett steg fram, hon tog tag i fars axel och försökte dra honom undan. "Jag kan inte tillåta dig att göra det här."

Vera gjorde sitt i att bryta sig loss från far.

"Du satans kvinna," vrålade far. "Du ska ge fan i hur jag uppfostrar min dotter."

“Uppfostrar? Du håller på att avsluta hennes liv! Om du verkligen var vid sunt förnuft skulle du inte ens tänka tanken.”

Vera tog ett språng och kutade bort till andra sidan av rummet. På nolltid nådde hon kapellet, men bestämde sig för att stanna och slänga en blick bakåt.

Far hade slutat lyssna på sin älskarinna och gick med bestämda steg mot sin dotter. Sprutan i hand.

“Vi måste prata om det här!” ropade Mona.

“Det finns ingenting att prata om.”

Mona la båda sina händer på pistolkolven, höjde sitt vapen och drog tillbaka hammaren.

Far stannade och vände sig om. “Så du vill diskutera det här med en pistol?”

Mona siktade inte ens. Hon bara höll i pistolen, pipan halvdant riktad mot far. Ifall hon avfyrade skulle hon likväl kunnat träffa Vera som stod kvar och såg på. Hon förstod att hon borde ha lättat för länge sedan, men vad gjorde det om hon gömde sig på nedervåningen. Det fanns ju ingen väg ut, bäst vore det att tackla far bakifrån. Göra som Robert och bara attackera.

Som far närmade sig Mona började hennes händer att skaka. Hon höll tag om revolvern, men tankarna hade blivit för många, eller för få…

“Spring Vera!” skrek Mona. “Spring!”

Spiraltrappan som ledde från kapellet ned till den underjordiska matsalen. Vera skyndade sig, medveten om att hon här inte kunde undkomma far. Bara gömma sig. I cellerna kunde hon iallafall få sig en minuts vilan.

Planen förändrades när Vera såg Anastasia ståendes vid matbordet tillsammans med en annan docka. Hans hår var blont och oljigt och han var klädd i trasor. Det var Tore, pojken som hade dödat den ansiktlösa flickan.

"Jag sa ju att hon skulle komma!" sa Anastasia.

Ett dovt dån ekade bakom Vera. Hon försökte att ignorera det hela. Istället tittade hon på dockorna framför henne. När allt kom omkring så var de ett par vackra varelser.

"Vad händer där uppe?" frågade Tore.

"Det är Mona och far," sa Vera. "De tjafsar…"

"Det är bara en av dem nu," sa Anastasia. "Din far..."

Tore tog fram sin dolk. "Nu fan ska jag äntligen få berätta för den där läkaren vad jag tycker om hans matlagning."

"Det finns inget du kan göra för att stoppa honom," sa Vera och tittade på Tores dolk. Den var, liksom hennes eget vapen, fortfarande nedfläckad av gröngul sörja.

"Skämtar du med mig? Vi är tre mot en. Vi kan överrumpla honom! Eller hur Freja?"

"Definitivt, han är ju bara en gammal gubbe!"

"Freja... jag trodde ditt namn var Anastasia," sa Vera och tittade på flickan. Hennes blonda lockar och hennes smaragdgröna ögon. Hon var på fläcken lik Saffrine.

"Jag har haft många namn och personligheter. I den här världen kallades jag för Freja, men den tiden är sedan länge förbi. Din farsa är bara en människa."

"Han är en människa med en pistol. Vi måste gömma oss!" Vera fortsatte gå längre in i underjorden.

Dockorna följde efter. Ingen sa ett knyst som Vera ledde dem in i den illaluktande korridoren. Hon stördes inte längre av det hela. Att hennes luktsinne fortfarande var intakt var snarare något att glädjas för. Vilken cell som helst skulle fungera, men Vera valde en av dem längst bort. Det skulle ta far lite längre tid att finna henne. Vera satte sig ned, lutade sig bakåt och blundade. Sängen var inte någon bekväm bonad, men den fungerade som sittunderlag.

Dockorna bara stod där. Vera kände hur de stirrade på henne. Hon skulle inte ha blivit förvånad om de, liksom vålnaderna i matsalen ville slita henne i stycken. Far hade trots allt förstört deras liv, kanske Vera förtjänade att bli straffad för hans illdåd?

"Så vad är din plan?" frågade Tore.

Vera svarade inte. Hon hade ingen.

"Låt oss göra något roligt," sa Freja. "Vera, vet du hur man spelar bonde och kung?"

Freja tog fram en kortlek, hon satte sig ned på sängen bredvid Vera och utan att ens vänta på svar började hon dela ut kort.

"Vi har inte tid för det här," sa Tore. "Läkaren kan komma ned närsomhelst!"

"Kom igen då, lite kul måste vi få ha," sa Freja och fortsatte dela ut kort.

"Vi kan skydda dig," sa Tore. "Vera, var inte rädd."

Vera öppnade sina ögon. “Skydda mig? Hur ska ni stoppa honom? Han har ju en pistol!”

“Jag har en plan. Freja gå över till cellen mittemot. Du Vera sätt dig i gången mittemellan. När pappsen kommer för att hämta dig, tar jag och Freja tag i honom och hugger honom tusen gånger i magen.”

“Det låter i och för sig också rätt kul,” sa Freja, samlade ihop sina kort och gick iväg till cellen på motsatt sida. Vera satt kvar och stirrade på Tore.

“Far är inte så dum som du tror…”

“Så länge han ställer sig mellan mig och Freja gör det detsamma hur dum eller smart han är. Han kanske kan ta ned en av oss, men inte båda!”

“Ifall han ens kommer ned hit. Om ett par timmar kommer ni vara döda, eller hur? Han kommer bara vänta tills morgonen gryr för att hämta mig.”

Tore blev tyst.

“Vi behöver näring,” sa Freja från sin cell.

“Mat?” frågade Vera.

“Nej vi har inte ätit på säkert flera år,” sa Tore. “Din farsa har det som vi behöver.”

“Serum? Sådant där grönt jox?”

“Du vet vad jag pratar om?”

Tore verkade genuint förvånad. Han hade inte en aning om hur mycket Vera förstod. Inte far heller. Möjligtvis Freja.

“Jag vet var han förvarar det. Borta vid trappan.”

Utan att ens lägga en andra tanke åt det hela. Tore gick ut ur deras cell och tittade in i Frejas.

“Hörru syrran, vi lägger planen på is! Dags att käka!”

Vera följde efter. “Ni kan inte bara lämna mig här!”

“Nej, såklart vi inte gör. Vi behöver faktiskt din hjälp. De låter inte mig och Freja gå in dit.”

Detta nonsens igen.

“Vilka då?”

“Monster! Demoner! Vålnader så kallblodiga att de får människor att söka sig till helvetet bara för att finna värme!”

Freja slog lite lätt till sin bror i bakhuvudet.

“Hon är doktorns dotter, sluta prata med henne som hon vore nåt fån.”

Stora påsar hade tagit form under Frejas såväl som Tores ögon. Måhända att det var det dåliga ljuset, eller kanske de helt enkelt var trötta.

En ytterst mänsklig egenskap.

“Du har träffat dem, va?” frågade Freja. “Gabriel och hans gäng?”

“Ja, det har jag. Vad har det för betydelse?”

Båda dockorna stod tysta och stirrade på Vera. Deras ansikten uttryckslösa.

“Vad är det? Säg något!”

“Det måste ha varit en pytteliten dos,” sa Freja.

“Hon ser ju inte ut som du gör,” sa Tore.

“Vad snackar ni om?” röt Vera och slog sin näve mot väggen för att lägga extra kraft i hennes ord. Det gjorde lika ont som hon förmodat, men det lät inte lika högt. Utan problem blockerade hon ut smärtan. Det var inte värre än såret på armen.

“Din far…” började Tore med att säga.

“… har injicerat dig med mat!” avslutade Freja.

“Omöjligt. Jag var på väg att bli injicerad, men Mona... hon hindrade honom.”

"Visa oss din arm," sa Tore.

Vera väntade ett ögonblick innan hon till slut kavlade upp sin blusarm. Freja ryckte tag i armen och granskade hennes armveck efter något sorts stickhål. Hon fann endast ett par leverfläckar.

"Andra armen," sa Freja.

Efter ett djupt andetag kavlade Vera upp den ärmen. Vid hennes armveck satt ett litet gröngult sår, det sved aningen, men jämfört med det bultande såret som satt lite längre upp, så var stickhålet ingenting. En kittlande sensation. Inget mer. Litegrann som tusen nålar koncentrerat till en punkt, inombords.

Tore tog tag i Veras blodiga arm och satte hela sitt ansikte mot hennes arm. Noggrant letade han efter bevis. Det dova ljuset hjälpte honom inte.

Själv kunde Vera tydligt se de gröna, cirkulära sårskorporna längs dockornas egna armveck.

"Jag kan inte se något," sa Tore och gav upp. "Freja, ser du någonting?"

Freja sträckte sig närmare för att ta sig en titt när Vera ryckte bort sin arm.

"Nog av det här! Jag vaknade upp av ett stick längs min arm förut. Det var inte alls stort. Måste ha varit en insekt eller något som bet mig."

Tore och Freja tittade på varandra.

"Din far driver många experiment," sa Tore. "Det är möjligt att han injicerat dig med ett nytt sorts käk."

"Omöjligt," sa Vera. "Före denna kväll skulle han aldrig ha utsatt mig för något sådant!"

"Före denna kväll hade du inte en aning om hur din far behandlar sina medmänniskor."

"Säg inte så, jag kanske inte visste hur illa det var, men jag förstod att nånting hemskt pågick här nere. Jag låtsades som att jag inte såg eller hörde."

"Någon har iallafall injicerat dig med mat. Om inte din far, vem?"

"Gabriel förstås, eller den där andra, Zakar..."

"Sluta tjafsa!" röt Freja. "Jag håller typ på att svälta ihjäl, kan vi inte gå och äta?"

"Jo, du har rätt," sa Tore. "Vi har ingen tid att slösa."

De två dockorna skyndade sig iväg genom korridoren. De nästan sprang bort mot matsalen. Vera följde efter dem i sin egen takt. Det var bara dumt av dockorna att inte ta det försiktigt. Tänk om far stod alldeles kring hörnet och väntade. Där kommer de traskande förbi. Han skulle skjuta dem direkt och då skulle de inte få äta sitt kära serum.

Som de nådde matsalen hördes inga skott. Bara ljudet av Vera som med sina stapplande steg snart hade hunnit ifatt. "Måste ni gå så snabbt?"

"Ursäkta," sa Freja. "Vi är sjukt hungriga."

"Tydligen."

Vera gick bort till laboratoriet, öppnade dörren och gick in. Dockorna stod kvar i matsalen och blängde in.

"Så ni behöver vadå? Serum och två tallrikar?"

Frejas släppte lös ett skratt, ett läte som tycktes eka genom hela laboratoriet.

"Nej, man äter inte mat," ropade hon. "Vi behöver två sprutor och glöm inte kanylerna!"

Serum var lätt att hitta. Far hade förberett ett dussintal flaskor som stod uppradade på hyllorna. Det fanns även en del andra flaskor som innehöll röda och violetta substanser. De såg nästan ut som ett sorts flytande godis. Dock om Vera hade lärt sig något, så var det att serum hade en grön färg. Hon tog sig an en flaska och letade igenom ett av skåpen efter ett vektyg att administrera substansen med. Det första skåpet var fyllt av järnrör, klämmor och skalpeller av olika storlekar. Hon kollade igenom skåpet bredvid. Där fanns ännu fler verktyg gjorda av järn, men också kanyler och sprutor. Vissa av sprutorna var jättelika i storlek och med behållare stora som meloner.

Vera tog sig an ett par av de mindre sprutorna, två kanyler, en halvfull flaska med serum och gick tillbaka ut till matsalen.

Dockornas ögon skimrade som Vera la ned allting på bordet.

"Så det är det här ni kallar för mat?"

"Det var Mona som myntade det uttrycket," sa Freja. "Det har liksom bara fastnat."

På andra sidan bordet stod den riktiga maten som Vera hade förberett. När allt kom omkring kände hon sig hungrig, men hon kunde inte äta nu. Inte den maten iallafall.

"Om ni inte äter vanlig mat, varför bevarar far den här nere?" frågade Vera.

"Han använder maten som lockbete," sa Tore som han med sin syster förberedde deras måltid. Freja höll i sprutan som Tore med pumpen, tvingade den tröga vätskan ned mot nålen.

"Din far lovade oss godis, kakor och tårtor när vi först kom hit," sa Freja. "Fatta hur besvikna vi blev när allt han hade att komma med var en torr limpa bröd."

En dos redo, dockorna slösade inte bort någon tid. De förberedde genast den andra sprutan. Flaskan var nästan tom när de var klara. Snart skulle substansen förneas med den sörja som pumpade genom dockornas inre.

"Låt mig börja," sa Freja glatt. Hon satte sig ned och sträckte ut sin arm. Hennes gröna sårskorpa helt blottad. Tore böjde sig ned och försökte med nålen träffa skorpan, eller Vera antog det iallafall. Tore missade helt, kanylen slog ned i Frejas hud en bra bit längre upp. Han försökte igen, men slog den här gången i huden för långt ned.

Vera blev frustrerad över att se honom missa.

"Ge mig den där!" sa hon och tog tag i sprutan. Hon puttade bort Tore och tog hans plats.

"Försök träffa alldeles under skorpan," sa Freja.

Vera lyfte upp sprutan högt ovanför dockans arm. Aldrig hade hon gjort något sådant förut, men hon var ju självaste Vera Vargande, det här var hennes arv.

I luften förde Vera sprutan upp och ned ett par gånger. Några sekunder av träning innan hon till slut körde in kanylen, precis mellan skorpan och huden. Vera tvingade in nålen så långt att den nästan kunde stå under sin egen vikt.

Freja släppte fram ett plågsamt stön.

Vera hade själv fått en sorts kick av det hela. Det var roligt att injicera folk. Eller ja, ännu hade hon inte injicerat sin patient. Tore tog tag i pumpen och höll sprutan stadigt. Tillsammans tvingade han och Vera in substansen i Frejas kropp. Hennes stön blev alltmer av en njutbar karaktär.

“Precis där…” mumlade Freja fram.

Tore pressade ut den sista mängden, pustade ut och satte sig ned på stolen bredvid sin syster. Freja nästan låg ned i sin stol, hennes ögonlock slutna. Hon såg ut att sova i sin obekväma sits.

Tore tryckte till henne på armen.

“Min tur nu!”

Freja suckade, räknade högt ned från tre och som en solstråle flög hon upp. Hennes smaragdgröna ögon glimrade igen, mer än förut, de liksom strålade.

Tore satte sig ned och sträckte ut sin arm längs bordet. Vera tog upp den andra dosen och repeterade rörelsen ovanför hans arm, efter tre övningar sköt hon in kanylen under skorpan. Tore grymtade till som nålen slog igenom barriären, men så fort Freja pressade på pumpen, lutade han sig bakåt, blundade och njöt. Även han såg ut att sova som de var klara.

Freja tryckte till honom på axeln.

“Om inte jag får vila får inte du heller det.”

Tore räknade även han ned från tre innan han i en hastig rörelse reste sig upp ur sin stol.

“Ingen tid att förlora. Läkaren kan komma ned närsomhelst!”

Dockorna som smått sprang bort mot korridoren. Vera stod kvar och tittade på de tomma redskapen.

Tore ropade till henne från dörrens tröskel.

“Kom nu Vera! Vi måste skynda oss.”

Jämfört med kapellet, där den ruttna stanken var blandad med en giftig sensation, så var dofterna av kiss och avföring en doft som betydde trygghet. Vera skule givetvis ha föredragit lukten av hennes lakan framför det här, men hon var iallafall inte inlåst. Snart skulle hon få känna förnimmelsen av en kär sommarmorgon, hon kunde känna det komma.

Tore och Freja gick in i varsin cell halvvägs genom korridoren. Vera satte sig på golvet allra längst in. När än far visade sitt fula tryne skulle henne vänner hoppa ut ur mörkret och anfalla honom. De skulle ta hans vapen, men Vera skulle inte tillåta Tore att sticka ned honom med sin dolk. Tillräckligt många hade dött. Vera skulle inte låta en till själ gå till spillo. Utan pistol skulle far vara tvungen att lyssna på Vera.

Sittandes där i det dova ljuset. Tystnaden låg tjock i luften, den var som ett med stanken.

Inom kort bröts dock tystnaden.

"Vera, du går i skolan, eller hur?" frågade Freja.

"Nej, min mamma lärde mig att läsa."

"Matematik, kan du räkna?"

"Ja det kan jag, vadårå?"

"Kom hit och hjälp mig med en sak."

Vera reste sig upp och gick in i Frejas cell. Dockan satt ned på marken med ett gult papper framför sig, med en bit kol hade hon ritat vad som tycktes vara en triangel. Ojämnt ritad, men figuren fanns där.

Tore var snabb på att reagea, han reste sig upp och ställde sig bredvid Vera.

"Var tysta och sitt ned!"

Freja tittade upp på honom. "Klockan är inte mer än sju eller typ halv nio. Det kan dröja länge innan han tar sig hit."

"Eller så är han på väg att storma in som ni pratar!"

"Knappast troligt, han är en försiktig rackare den där läkaren. Han kommer att vänta till solen är som högst för att…"

Oavsett vem som hade rätt. Vera gick till sin plats. Freja såg henne och gav genast upp sitt argument.

"Jaja, låt oss sitta här och ruttna då."

Tystnaden var det verkligt olidliga, det gav Vera utrymme att tänka på sin situation. Hur lång tid hade gått sedan hon kommit tillbaka hem? Kanske solen redan hade hunnit resa sig för att sedan försvinna igen? Vera kände sig mest bara trött. Att faktiskt lägga sig ned och sova på det hårda golvet skulle vara svårt, men om hon la sig ned och blundade. Förr eller senare skulle John Blund finna henne. En anledning att inte luta sig bakåt.

För att hålla sig själv fokuserad ritade Vera osynliga mönster på golvet. Cirklar var en lätt sorts rörelse. Från en början ritade hon dem pyttesmå, några millimeter i storlek, men gradvis ökade hon deras diameter. Om det fanns några små varelser där nere, så gav hon dem liv. Vera gav dem vindar och energi. Inte skulle de behöva leva deras liv i stillhet. Det dröjde dock inte länge innan Vera hade uppnått den maximala diametern hennes fingrar var kapabla till.

Vera tröttnade på sin solitära lek och trots bättre vetande, la hon sig ned på golvet. Inte för att sova, Vera ville mest bara finna ett sorts behag. Hon la sig på sin sida och kom på idén att hon skulle räkna ned från trettio och för att hålla sig själv vaken, skulle hon trycka in sitt finger i sitt bultande sår. Smärtan skulle vara nog för att hålla henne vaken.

Vera höll sina ögonlock öppna och började så långsamt hon kunde att räkna ned, att öppna upp sitt sår på nytt var inget hon gärna ville, men det fungerade. Varenda gång hon nådde noll tryckte hon till, och med det var fick hon svälja ett skri. Hon började om från trettio och hur långsamt hon än räknade, till slut kom stunden då hon var tvungen att placera sitt finger i sitt sår. Blod droppade ut, mänskligt, rött blod. Någonting att ge henne glädje.

En till nedräkning från trettio följt av ett till finger i hennes sår. Den bultande sensationen blev värre för varenda gång.

Bakom siffrorna bubblade tanken om hur många intevaller hon skulle vara tvungen att genomföra innan far kom för att möta henne.

Vera la sig ned på sin rygg och tittade upp mot taket. Hon slöt sina ögonlock och försvann iväg, bort till en mer behaglig plats. I skuggan under hennes björk, där hon så många gånger suttit och tagit det lugnt. Solen stod högt på himlen. Inte en falsk stjärna som dränkte henne i defekt ljus. Nej, solen var en riktig stjärna. Moder till allt liv på jorden, fader till alla planeter. Om Vera var vaken eller om hon sov, den gyllene jätten hade sin roll att spela.

Freja och Tore var även där. Stående en bit bort från Vera. De hade en röd boll som de passade fram och tillbaka mellan varandra. Bollen var jättelik i storlek, tvillingarna var tvungna att ta i med båda deras händer för att ändra dess riktning.

"Jag vill inte ha den," sa Freja som hon rullade över den till Tore.

"Jag vill inte heller ha den," sa Tore som han rullade över den till Freja.

Vera reste sig upp och gick fram till dem.

"Vad är det där för en boll?"

"Det är din boll. Du måste bära den med dig, släpp aldrig taget." Freja passade långsamt över bollen till Vera som förde den mot sig. Tyngre än hon hade förväntat. Alldeles för tung för att bära ensam.

"Varför är det min boll?"

"Du är läkarens dotter," sa Tore.

"Den tillhör dig," sa Freja.

Vera greppade tag om bollen för att få den att stanna, men den vägde allt för mycket.

Hon tittade på tvillingarna. "Hjälp mig!"

"Det är inte vår boll," sa Tore.

"Det är din boll," sa Freja.

Desto mer Vera kämpade för att lyfta bollen, desto mer momentum fick dess rörelse. Vera ställde sig i bollens väg för att få den att stanna, men vad hon än gjorde, bollen fick mer och mer fart.

Dockorna gick in i skogsdungen. De lämnade Vera ensam för att få bollen att stanna, men hon skulle inte. Bollen hade inget värde. Hon släppte taget och vände sig om. Nu var hon inne i köket. Mor och Mona var där. De stod i varsin vrå med flera blodiga stycken av biff och fläsk mellan sig. Tillsammans skar de upp de styckena i mindre bitar.

“Var är potatisen?” frågade Vera.

Mor stirrade på henne, en jättelik kniv i handen. Hennes förklädde hade inte skyddat hennes klänning från blodet och köttslamsorna.

“Vera, du är för gammal för potatis.”

“Men jag vill ha potatis!”

“Nej du är en kvinna nu.”

Vera vände på klacken och sprang bort till hennes björk. Jon och Robert stod där under trädet. Jons huvud var intakt ovanpå hans axlar. Och Roberts ögon hade han fått tillbaka, ett grått par som reflekterade solens ljus likt två kristaller. De stirrade på Vera som hon kom springades mot dem.

“Fröken Vargande,” sa Jon glatt. “Vad gör du här?”

“Jag vet inte…”

“För fan, kämpa!” röt Robert.

En vind drog över dem.

Vera slängde en blick bakåt. Den röda bollen hade växt till sig avsevärt, bra mycket större än huset. Den rullade sakta men säkert, rakt på. Den krossade köket under sin vikt och verkade i det hela få mer fart.

Ljuset slocknade.

Mörkret föll.

Vera öppnade sina ögon, satte sig upp och såg far stå längre ned i korridoren. Pistolen höll han fast vid.

Deras blickar korsades.

“Det här är inte tiden för lek,” röt far.

“Jodå, det finns alltid tid för lek. Kom hit så ska du få se vad jag gjort med min arm!”

“Vera, jag tänker inte be dig igen.”

“Du får komma hit, djävla gubbe.”

Vera hade sett sin far ilsken otal många gånger, men nu såg hon honom i ett nytt ljus. Alldeles besatt av rädsla.

"Vad försöker du lura mig in i?" frågade han lågt.

Vera reste sig upp, armarna i kors och med blicken hela tiden fäst vid far.

"Vad har du gjort med Mona?"

"Hon var tvungen att försvinna. Du vet såväl som jag att vi inte behövde henne i vår familj. Jag kan finna någon att ersätta henne. Tro mig, det blir inte svårt."

"Vad har du gjort med mamma då?"

"Hon dog av naturliga orsaker."

"Naturliga orsaker! Du menar en spruta i hennes arm?"

"Hon dog av naturliga orsaker, mer än så tänker jag inte berätta just nu. Vi kan prata om det här när du har lugnat ned dig."

"Erkänn det!" röt Vera. Hon själv var inte rädd, bara fylld av en sorts energi, en energi hon inte kunde rikta mot en annan punkt än hennes far.

"Jag vet inte vad du tror att du har sett." Far hade sin blick fäst på en punkt mellan Veras fötter. "Jag skulle aldrig..."

"Men du ska mot mig? Göra mig till någon sorts djävla docka?"

Far tog ett par steg mot sin dotter. Vera ville inget annat än att möta honom halvvägs. Med sin kniv få honom att förstå vad hon tyckte om hans plan. Men istället svalde Vera sin anda, öppnade dörren till hennes sida och tog ett steg in. Far skulle vara tvungen att hämta henne.

För en sekund stod hon helt stilla och lyssnade. Två celler bort var hennes vänner beredda på att attackera deras mål. Allt Vera behövde var att behålla hans uppmärksamhet.

"Kom då pappa, kom och hämta mig!"

Vera kikade ut ur sin cell. Far hade stannat. Helt stilla stod han där borta och trampade med fötterna i takt till Veras hjärtslag.

"Din mor var en underbar kvinna, men hon hade sina fel. Allt jag ville var att… göra henne perfekt."

"Ska du göra mig perfekt också, va? Tänk om inte jag vill vara perfekt. Tänk om jag inte vill bli till någon docka!"

"Det är för det bästa. Om du bara förstod den gåva jag ska ge dig."

Far rörde sig äntligen genom fängelset. Vera lyfte in sitt huvud och ställde sig längs dörrens ram. Hon hörde hur han gick mot henne. Steg för steg, vilken sekund som helst nu. Snart skulle hon höra hur far stannade till och blev överrumplad, men vad om far såg någon av dem? Vad om far hann mörda en till av hennes vänner?

Vera tillät det inte. Vera hoppade ut ur sin cell och drog upp svärdet ur sin väska.

"Kom då, ditt slöa fan!"

Vid synen av sin dotter redo för strid, så log far. Han gick ned på knä, la revolvern åt sidan och öppnade upp sin famn. En rad celler från platsen där tvillingarna skulle attackera honom.

"Du behöver inte göra något du inte vill," sa far. "En dag kanske du förstår att jag bara vill dig väl."

Vera gav honom en tom blick. Så himla nära. Varför var han tvungen att stanna precis där? Hon förstod att han ljög. Far var inte personen att gå tillbaka på vad han bestämt. Ändå la hon kniven i väskan och gick fram ett par steg.

"Jag tänker aldrig låta dig göra mig till en docka. Hur kan du ens tänka tanken?"

"Snälla gumman, förlåt. Jag vet inte vad det var som flög i mig. Det måste vara Gabriel! Han viskar i mina öron. Ja, precis. Allt det här är Gabriels idé."

"Du ljuger! Gabriel skulle aldrig skada mig."

Far skrattade åt henne, om han fann situationen rolig eller om han bara ville trycka ned Vera. Allt han lyckades med var att hälla fotogen på den brasa som redan brann i Veras inre.

"Du kan omöjligen förstå vad gud planerar," sa far.

"Gud?" Vera tvingade fram ett ännu högre skratt. "Jag förstår mer än du någonsin kommer att begripa."

Med extra kraft från sina tänder avlossade Vera en projektil av saliv. Hon placerade loskan rakt på fars näsa. Slemmet sa mer än tusen ord.

"Du är inte min far. Du är ett monster."

Med labbrocken torkade far av sitt ansikte. Han räckte sig efter sin pistol och reste sig upp.

"Jag har uppfostrat dig. Jag tog hand om din mor i hennes nöd. Utan mig vore ni inget!"

"Du dödade henne! Förrns du erkänner har du ingenting att säga. Förstår du det?"

Far reste sig upp och tog ett jättekliv rakt i Veras riktning. Inte för att han var intresserad av sin dotter. Han hade släppt henne från sin blick och var helt fokuserad av cellen till vänster om Vera. Han rundade hörnet, lyfte upp sin revolver, men innan han hunnit avfyra tog Tore tag om fars händer och tvingade honom att avlossa en kula rakt i Tores buk.

Skottet ekade genom korridoren och Tore föll bakåt.

Som enligt planen attackerade Freja far bakifrån. Hon tog tag i hans krage och tryckte upp honom mot korridorens ena vägg. Freja placerade en näve mot njuren. Hon vände sedan på far och delade ut ett till slag rakt över näsan.

Far förde upp revolvern mot Frejas huvud, men Freja tog tag i pipan och förde den ned mot hennes kropp. Desperat över att behålla den enda fördelen han hade över sina dockor. Far avlossade ett andra skott och träffade Freja i axeln. Hon släppte taget om hans krage, men höll hårt om revolverns pipa.

Tore var uppe på benen igen. Från hans sida tog pojken tag i far och bet honom i nacken.

Far skrek som en döende gris, blodet flödade.

Tore spottade ut och tog tag om fars armar.

Freja följde sin brors exempel och bet tag i fars hand. På studs släppte han sin revolver på golvet som Freja sedan sparkade bort till Vera.

Ännu hade far mer att ge. Vilt sparkandes med sina ben, han träffade Freja i magen och bröt sig loss ur Tores grepp. Far armbågstacklade pojken i buken för att sedan ge flickan en rak höger. Han vände sig om och slog till Tore med sin vänstra näve. Utan stopp slog far sin docka igen och igen. Freja hoppade upp på hans rygg och slog far flera gånger över nacken, men ändå slutade inte far med sin sak. Nävarna nedstänkta av vax och blod. Far fotsatte att slå tills Tore kollapsade.

Far släppte lös ett vrål som han tog tag i Freja, vände henne bort från sig och pressade upp hennes armar mot hennes rygg. Freja försökte ta sig loss, men far hade hennes taniga armar i lås.

Två pinnar på väg att knäckas.

“Snälla far, sluta!” skrek Vera.

Revolvern låg vid hennes fötter. Allt som hindrade Vera var kärleken hon höll för sin far. Kärlek för ett monster som ville mörda hennes vänner.

Ljudet av hur far bröt armen av Freja var droppen. Vera tog upp revolvern och siktade mot far som inte ens hade sett henne ta upp den. Mer fokuserad var han på att knäcka av Frejas andra arm.

Vera svalde sin anda, drog tillbaka hammaren och avlossade ett skott. Rekylen fick pipan att flyga upp och hon missade helt.

Far knuffade Freja åt sidan och tog ett steg fram mot sin dotter.

“Vera, släpp pistolen. Det är ingen leksak.”

“Tror du att jag leker. In i en av cellerna!”

Blodet från Tores bett hade lämnat ett blodig spår på fars labbrock. Hans näsa var bruten och hans knogar helt röda. De hade tagit en hel del stryk de med, men inte alls till den grad de utdelat. Hans händer droppade av gröngul sörja.

“Du vet inte vad du gör,” sa far.

I en lugn takt fortsatte han gå mot henne.

"In i en av cellerna," röt Vera, men nej. Far lyssnade inte. Ihärdiga djävul. Aldrig skulle far lyssna på ett endaste ord.

Vera tog ett djupt andetag och avlossade ett till skott. Hennes arm kändes som den skulle gå av som rekylen fick pipan att flyga upp. Kulan for förbi far och träffade dörren på andra sidan korridoren.

För en sekund stannade far till, men fortsatte snart närma sig henne. Han måste trott hon missade med flit.

Ett fåtal meter från sin dotter. Nu kunde inte Vera missa. Hon drog tillbaka hammaren, avlossade och träffade mycket väl. Rakt i låret. Projektilen bröt upp en väg framför sig och planterade sig själv inuti fars ben. En massa blod flödade ut och med det, far föll ihop och släppte ut ett pinande stön. Genast rullade han över på sin sida och satte tryck för såret.

Vera gick fram och sparkade till honom på axeln.

"Ger du upp nu?"

En våg av energi satte fart på honom igen. Far kravlade tag om Veras ben och med blicken av en ansiktslös liten pojke tittade han upp på henne.

"Gör det då! Om jag är ett sådant monster, avsluta mig här och nu!"

Pipan riktad mot fars kranium. Vera kunde avsluta allt, men det vore inte rätt. Hon skulle se till att far svarade för sina brott. Det här skulle skötas snyggt, med poliser, en rättegång och en domare.

Allt sådant där.

Vera sparkade till mot sidan av hans huvud. Inte alls hårt, hon förstod mycket väl att endast en liten mängd kraft behövdes.

Far släppte taget om hennes ben.

“Jag tänker gå till polishuset i Hälsing,” sa Vera. “Jag ska se till att hela världen får veta vad du har gjort mot dessa stackars människor.”

“Åh, min naiva lilla dotter,” sa far och släppte fram ett skratt. Liggandes på golvet i sitt eget blod. Ändå hade han mage att skratta. “Världen kommer kröna mig till en hjälte när de får veta vad jag gjort.”

Far kämpade på alla fyra, han försökte resa sig. Vera skulle inte tillåta honom den äran. Inte förrns hennes vänner stod upp. Hon sparkade honom i magen.

Far tappade andan och föll åter ned.

“Pappa, för tjugoelfte gången. In i en av cellerna!”

Muttrandes, återigen försökte han resa på sig. Vera tryckte ned sin ena fot i ryggen på honom. Svordomar lämnade fars mun som han äntligen krälade sin väg in i en cell. Vera stängde igen dörren och slog för låset.

För första gången sedan länge kände sig Vera faktiskt tillfreds. Inte nog med att hon lyckats hålla sig vid liv genom aftonens lopp. Hon hade blivit återförenad med sin far. Sanningen fanns inom räckhåll. Bara han inte var allt för skadad. För vad skulle folk säga om de fann honom död? Inte kunde väl Vera få skulden för alla hans illdåd?

Endast en sak var säker. Vera kunde inget annat än att berätta för folk om de väsen som gömmer sig bortom mörkret, bakom ljuset, i vrår dit ingen kan se.

Först och främst var Vera tvungen att se efter de tappra själar som varit beredda att offra deras liv för henne. Freja låg ned i fosterställning, hennes ena arm sönderbruten och över hela hennes ansikte blågröna märken från den misshandel far hade utdelat.

Vera hukade sig ned vid flickans sida.

"Är du okej?"

Freja tvingade fram ett skratt.

"Jarå, bara ge mig en minut."

Vera gick vidare fram till Tore. Hans armar och ben låg åt vänster och höger. Vera böjde sig ned och letade rätt på en puls. Ifall dessa dockor ens hade ett slående hjärta var oklart. Hon kände efter längs hans strupe.

Visst fanns det där, en livslevande rytm!

"Dags att vakna," sa Vera. "Vi har vunnit. Ni har besegrat honom."

Vera fann det svårt att ens föreställa sig Tore vakna i ett sådant tillstånd. Hans ansikte såg ut som en tavla. En regnbåge av blå och röd hud toppat med den där gröngula skaran. En bild av hur långt man kan föra en människa. "Han vill inte vakna," ropade Vera.

Freja suckade som svar, men reste sig snart och gick bort till Vera och Tore, hennes brutna arm hängde ned vid hennes sida. Hon hukade sig ned bredvid Tore, lyfte sin sin andra arm, öppnade upp sin handflata och slog Tore över kinden.

Ingen reaktion överhuvudtaget.

"Du får inte vila om inte jag får det!"

Igen förde Freja upp sin hand och slog till.

Tore förblev orörlig, Freja alltmer frustrerad.

"Upp och hoppa!"

En gång till slog Freja till Tore och efter att ha placerat ut tre slag fick hon äntligen ett svar. Tore reste sin arm och greppade tag om Freja.

"Tack…" mumlade han tyst.

"Res på dig!" röt Freja

Tore satte ned händerna på golvet och tryckte upp sig själv på ben. Dåsig och yr, han var på väg att falla framåt som han alldeles för snabbt reste på sig. När han till fullo uppfattat att det var Freja och Vera framför honom bröt han ut i skratt. Freja kunde inte heller hjälpa sig själv från garv. Helt ohämmat flög lätena ut ur dem. De hade segrat över deras härskare. Mannen som hade tagit deras liv satt nu själv bakom lås.

Vera gick fram till hans cell och knackade på.

"Far, kan du höra mig?"

Vera kunde inte höra ett knyst från cellen. Bara ljudet av hur Tore och Freja skrattade bakom henne.

"Snälla far, svara mig."

Fortfarande ingenting.

Freja och Tore hade vid det här laget uppmärksammat Veras frånvaro, Tore gick fram och knackade till henne på axeln. "Låt oss dra. Lämna gubben att ruttna. Du har fortfarande ditt liv att leva."

8.

Trion gick i ett långsamt tempo ut genom den underjordiska matsalen och sedan vidare uppför trappan. Det fanns inte längre en anledning att skynda sig. Inte heller fanns det en bra anledning att hurra. Vad gjorde det att far var tillfångatagen? Freja och Tore hade döden framför sig och Vera, vad hade hon vunnit?

"Vad exakt var det som hände?" frågade Tore.

"Hon sköt honom," svarade Freja.

"Bra jobbat hörru!" Tore klappade till Vera på axeln. "Trodde inte en tjej kunde hantera en pistol."

"Det är ju bara att sikta och skjuta. Vem som helst kan göra det."

De nådde fram till kapellet. Så fort Vera tog det sista steget uppför trappan, trots det dova ljuset. Hon såg tydligt konturen av ett nytt lik, liggandes vid tröskeln på den andra sidan. Mona låg i en pöl av sitt eget blod. På hennes ansikte ett uttryck som skrek av sorg och rädsla, men bakom hennes ögon, en sorts lättnad.

Snyftandes satte sig Vera vid hennes sida. Hon stängde Monas ögonlock och placerades hennes händer ovanpå magen. Monas en gång kritvita förklädde var helt rött. Far hade skjutit henne i bröstet.

Freja hukade sig ned bredvid Vera.

"Mona förtjänade inte det här. När allt kom omkring så var det hon som tog hand om oss."

"Din far var alldeles för upptagen med sina böcker," sa Tore. "Det var Mona som gav oss mat och sällskap."

Vera hade hört nog. Hon reste sig och slet upp kniven ur sin väska. “Försök inte att skydda henne! Mona var lika delaktig i allt det här som far, ni borde vara glada att se henne död. Men om hon förtjänade att dö. Isåfall förtjänar far detsamma!”

Vera hann ta ett steg i riktning mot porten de precis passerat igenom innan Tore grep tag i hennes arm.

“Nej, inget blod ska hamna på dina händer.”

“Jag har redan blod på mina händer! Jag tog livet av gubben som Freja delade sin cell med. Jag kunde ha skyddat Mona, men nej. Jag fegade ur.”

“Det är inte ditt fel,” sa Tore. “Det är din farsa, den där djävla gubben…”

“Ja! Det är hans fel och för det ska han dö.”

Vera gick tillbaka ned genom kapellet.

Tore följde efter.

“Vänta lite Vera, det är bättre om du…”

Freja stod kvar. “Stanna din egoistiska prinsessa, du har ingen rätt att bestämma hur hans liv slutar.”

Vera stannade rakt i hennes spår. Ingen skulle kalla henne för det ordet. Hon vände sig om och såg Freja i ögonen. På ett ögonblick försvann ilskan, en gnista i jämförelse med den brasa som brann inom Freja.

“Du sa att du skulle gå till polisen. Jag hörde dig. Låta världen få veta vad han gjort mot oss, vad var det som hände? Du visste väl redan att Mona var död.”

“Oavsett vid polisen eller mina händer. Han förtjänar att dö.”

“Inte förrns han har erkänt alla sina brott.” sa Freja. “Inte förrns världen fått höra namnen på alla människor vars liv han förstört.”

“Det vore ju rakt igenom idiotiskt,” sa Tore. “Gubben är bara en av miljontals idioter. Om andra får veta vad han gjort, de skulle säkert ge honom ett pris.”

“Har du nån bättre plan?” frågade Freja.

“Låt oss bränna ned hela djävla skiten! Gubbdjäveln ska koka medan hans älskade forskning brinner upp.”

“Hur ska vi göra det?” frågade Vera.

“Sätta eld på alla mat,” sa Tore. “Minsta gnista får den där skiten att brinna som bensin.”

“Men då kommer vi ju aldrig ut. Vi kommer ju att dö i elden.“

Tore gick fram till Vera och la sin hand på hennes axel. “Nej, nej. Jag och Freja ser till att detta helvete brinner upp. Du måste ta dig härifrån. Bort till någon solig plats nånstans.”

“Men först måste du till Hälsing,” sa Freja. “Världen kanske inte får se vad som har hänt här, men de ska få höra. Det är upp till dig att minnas.”

En tämligen dum kommentar från Frejas sida. Som att Vera någonsin kunde glömma det hon sett.

“Så är det här farväl?” frågade Vera.

Tore släppte fram ett skratt.

“Vi följer dig till Hälsing,” sa Tore och vände sig mot Freja. “Sen efter det, fy fan syrran, det här stället kommer att se ut som en av dina drömmar.”

På vägen ut, Vera tittade ned på Monas lik. Trots att hon redan hade slutit Monas ögonlock, hennes ansikte slutade inte skrika. I sina sista tankar vad trodde Mona skulle ske? Hur skulle hon agerat om hon visste att hennes kropp skulle bli kvarlämnad? Dömd att brinna upp tillsammans med dockorna. Vera kunde inte låta det ske. Hon böjde sig ned och tog tag i Monas arm, la den omkring sig och reste henne upp.

Liket reagerade dock inte alls som Vera förväntat sig. Snarare som en säck med blöt jord än någonting som alldeles nyligen var vid liv. Vera tappade taget om Mona och hennes lik föll åter ned i pölen med blod.

Tore och Freja stod och såg på.

Vera gjorde ett till försök att resa Mona upp på ben. “Stå inte bara där! Hjälp mig.”

“Det viktigaste är att du tar dig härifrån,” sa Freja. “Gabriel eller nån annan ängel lurar säkert kvar här nere nånstans.”

“Jag kan inte bara lämna henne! Snälla, om vi hjälps åt blir det lätt.”

“Jag och Freja tar hand om henne,” sa Tore. “Innan vi tutar eld på stället så bär vi ut hennes lik nånstans där du kan hitta henne.”

“Lovar ni?”

“Ja! Kom nu så går vi,” sa Freja som hon och Tore stapplade iväg mot bostaden. Vera tog en sista blick över kapellet. Liken låg spridda som en spiral kring altaret. Knappast var det en slump.

Gabriel hade planerat all denna död.

Både Freja och Tore höll sina blickar rakt framåt som de gick igenom operationssalen och sedan galleriet. Fars personliga docksamling omkring dem. Om det inte hade varit för tvillingarna skulle Vera stått där själv. Vad som skiljde dessa dockor från Tore och Freja var ett mysterium. Om de själva ens visste.

Kanske det var samma sorts drift som hade för Vera genom kvällen. En sorts ihärdighet, en strävan att få se solen igen. Att få bli återförenad med det väsen som reste sig varenda morgon. Varenda dag i Veras liv.

Inget ljus sken som de kom ut ur laboratoriet. Falluckan var öppen, men endast mörker väntade där uppe. Vera tryckte sig förbi sina vänner och klättrade uppför stegen. När hon genom glasdörren såg det röda ljuset utomhus, föll hon ned på knä.

"Va fan, trodde det skulle vara morgon vid det här laget," sa Tore som han kom uppför stegen.

"Någonting är fel," sa Freja i sin tu.

Vera reste sig upp och öppnade upp dörren. Varken sol eller måne fanns att se. Bara en hop av stjärnor, för många för att räkna. Små punkter av illrött ljus flöt omkring där uppe. Blotta synen fick Vera att vilja kräkas. Hon tittade bort mot skogen. Träden stod iallafall kvar. Orädda och oberörda. Något annat liv fanns ej att finna. Varken den kära orkestern av syrsor eller några fåglar.

Vera slängde igen dörren och gav sina vänner en apatisk blick.

"Vad nu?" frågade Tore.

"Ingenting har förändrats. Vi måste bort härifrån," sa Freja och öppnade dörren till matsalen.

Det hade varit uppenbart så fort de kom upp från laboratoriet. Alla deras fränder var döda. Den dumma skaran gäster som nyligen fört så mycket liv låg nu alla döda. De allra flesta utspridda på golvet, men en vålnad hade valt att lägga sig på bordet innan hon bemötte sin död. Helt slocknad, en mängd gröngul sörja hade funnit sin väg nedför hennes kind. Freja och Tore kunde inte bry sig mindre, de fortsatte gå bort mot vardagsrummet.

Vera stod kvar och stirrade på kvinnan som låg på bordet.

"Vad är det för fel nu?" frågade Freja.

"Dessa människor försökte slita mig i stycken förut. De var så glada, så fulla av liv, men nu är de döda."

"Beror på vad du menar med döda," sa Tore glatt. "Om de får käka kanske de vaknar upp igen."

"Låt dem vila," sa Freja. "Inget annat än en död skara med får. De hade fick sin frihet från änglarna och valde att dansa sig själva till döds."

Tore la sin hand på sin systers axel. "När allt väl kommer omkring. Vi kan inget annat än att dö."

"Är ni inte rädda?" frågade Vera.

"Tvärtom! Vi ser fram emot det."

"Tala för dig själv," sa Freja. "Jag vill inte dö."

"Du vet lika mycket som jag att vi inte hör hemma här. Döden är ett avslut, änglarna kan inte nå oss där."

"Kan ni inte fortsätta leva?" frågade Vera. "Det finns ju gott om serum där nere."

"Världen skulle inte tolerera oss. Människor kommer alltid att hata det som de inte förstår och rädda människor är hänsynslösa människor."

Tore öppnade dörren till vardagsrummet och gick in. En docka och en ansiktslös vålnad hade funnit sin väg in för att vila i soffan. Den ansiktslösa satt med en bok uppslagen i sin famn. Inte kunde väl han läsa?

Inte nu iallafall.

Tore smått sprang genom rummet. En bra bit före Freja såväl som Vera. En del av honom ville säkerligen springa ut i världen och lämna denna ruttna plats bakom. Hur mycket han än försökte lura sig själv. Så som han hade slagits, det gjordes inte utan vilja och där det finns vilja. Finns liv. Inte en chans att han ville avsluta sig själv genom att brinna med den borg som hade varit hans fängelse så länge. En människa måste värdera sitt liv högre än så.

Tore skyndade sig igenom huvudhallen och ryckte upp ytterdörren som han tog sig fram genom farstun.

Vera och Freja gick i deras egna tempo. Luften utomhus var kall. Björkarna och granarna såg ytterst obekväma ut. Som att de hade sträckt på sig, men samtidigt säckat ihop. De påminde om ett annat sorts träd Vera nyligen bevittnat.

Tore stängde igen dörren bakom sig och gav Freja en blick. Hon stod och tittade upp mot skyn, vilken av punkterna hon än tittade på, inget av ljusen var äkta.

"Änglarna omger oss," sa Freja. "Vi gör exakt som de vill. De kommer aldrig låta oss lämna denna plats."

"Vi kan iallafall försöka," sa Tore som han tog ett par steg nedför vägen ledandes mot Hälsing.

Freja stod kvar, hennes blick fäst vid skyn.

"Var inte rädd," sa Vera. "Era liv är inte över än. Det finns fortfarande hopp."

"Vad snackar du om? Hopp? Det finns inget hopp. Allt är enligt änglarnas plan."

"De vet inte vem de har att göra med," sa Vera och log. "Jag ska förgöra dem, följ med så ska du få se."

Freja släppte fram ett skratt. Samlat, men ändå högt.

"Hur då? Hugga dem med kniven?"

Vera plockade upp kristallen ur hennes väska. Dess änder sylvassa, lena som silke och dess utomjordiska innehåll absorberade det falska ljuset som jord suger upp vatten.

“Vad är det där?” frågade Freja.

“Jag vet inte riktigt. Min far kallar det för nihilium. Det är gjort av samma ämne som pumpar genom era hjärtan.”

Freja var språklös. Hon tog ett steg framåt och tittade ned längs vägen. Ett leende breddes ut över hennes läppar som tanken for genom hennes huvud. Kanske det här faktiskt betydde slutet. Inte för henne och Tore. Slutet för Gabriel och Zakar. Slutet för alla de fåglar och demoner som hemsökte hennes sine.

Freja gick bort från dörren, ned till sin broder.

"Hur långt är det till Hälsing?" frågade Freja som trion skyndade sig nedför vägen.

"Rätt så långt," sa Vera. "Säkert ett par timmar, även om vi skulle springa så snabbt vi kan."

"En vidrig håla," sa Freja, en flamma brann i hennes ögon. "En stad fylld med svin och horor."

"Äsch. Det finns bra människor där med," sa Tore. "Men de blir lätt överröstade av allt det drägg som ofta talar så högt."

"Det är de som är värst," röt Freja. "Fegt kräk är vad de är. Jag lovar, varenda människa i den där hålan känner till vad som försiggår häromkring, men de väljer att vara tysta. Doktorn tar ju bara bort dem människor de ej vill ha att göra med. Det skulle inte förvåna mig ifall han fick betalt för sina tjänster. Svin och horor är vad de är."

"Hur kan ni prata om vanliga människor som att de vore noll?" frågade Vera. "Efter att ha träffat det monster som är min far… hur illa kan folk vara?"

"Alltså missförstå mig inte," sa Freja. "Din farsa är en klass helt för sig själv. Det betyder inte att andra människor är helgon. Tro mig, det finns kvinnor där ute som skulle sälja sina egna barn för lite smicker och några flaskor med sprit."

"Tror jag knappast."

"Du har inte träffat vår morsa."

Freja och Vera var så inne i deras diskussion att de inte såg den långa skepnaden. Håret i ansiktet och hans rosa klänning. Tore däremot hade inga problem att se konturen av hans kropp mot de stilla träden där bakom.

"Vänd om!" röt han.

Ingen tid att tänka, alla tre vände om och sprang tillbaka mot bostaden. Vera hade inte sett det förrns nu, men på platån högst uppe i tornet hade någon tänt ett ljus. Det var tydligt vems röst som för så många timmar sedan hade sagt åt Vera att försvinna.

Raspig och förstörd.

Zakar var fortfarande kvar i deras närhet.

Lukten av hans vidriga ande låg i luften.

“Du sa att du skulle förgöra dem!” vrålade Freja. “Kristallen, varför använder du den inte?”

Vera tog upp den ur sin väska, hon höll hårt om kristallen och för varenda sekund tycktes den växa. Inte så mycket i volym, men ljuset den avsände sken allt desto starkare. Ändå hade den blivit avsevärt kall.

Visslande ljud hördes från skogen både till vänster och höger om dem. Inte alls speciella, det kunde mycket väl ha varit vinden som fick träden att svaja, men inte denna afton. Luften hade varit stilla från deras första steg ut ur huset. Vera hade inte alls blivit förd till sitt hem. Den molnfria himlen och de röda punkterna. Det här var en till av änglarnas världar. En plats där varken natt eller dag existerade. Vera skulle inte ens ha blivit förvånad om jätten kom tillbaka och kräktes upp den falska stjärnan, men var än Vera befann sig, en varelse stod bakom det hela. Genom att förinta Gabriel kunde hon avsluta allt!

Vera stannade tvärt till.

Freja och Tore fortsatte ett par meter innan de hann reagera.

“Varför stannar du för?” frågade Freja. Elden hade försvunnit ur hennes blick, ersatt av en sorts tomhet.

Rädsla. Hon såg inte alls hur deras jägare angrep. Som ett rovdjur hade han strukit omkring i mörkret, väntandes på rätt tillfälle. Zakar. Han tog tag i Frejas ben och drog henne omkull. Utan stöd från sin brutna arm slog hon i marken, huvudet först. Zakar fortsatte sedan med att ta tag i Tore. Demonens ena klo kring Tores strupe. Han lyfte upp Tore i luften och klämmde till. Vera tog ett steg fram mot dem.

"Släpp honom! Jag följer med."

Om hon ville kunde Vera avsluta Zakars vidriga existens här och nu. Hon kunde klättra upp på honom och placera kristallen i demonens kranium. Kristallens ljus hörde ihop med de juveler som satt intryckta i Zakars skalle, men det var inte denna demon som Vera var ute efter. Zakar var endast den riktiga bovens hund, skickad för att ta tillbaka sin mästares byte.

"Vad ni än vill av mig," sa Vera. "Jag gör det. Jag dödar honom, bara lämna mina vänner ifred!"

"Din fega satunge," röt Zakar. Han släppte taget om Tore och kastade ned honom på marken. Som en trasdocka föll pojken, men som han nådde marken reste han sig genast upp och vrålade mot demonen.

"Du får inte ta henne! Hon är ingen leksak, hon är en människa."

"Ett odugligt argument," sa Zakar och fnissade. Han nöp till Tore i kinden innan han puttade ned honom på marken, bort mot Freja.

Zakar rykte tag i Veras arm och drog henne med sig tillbaka mot bostaden. Hans grepp hindrade henne från att snubbla, men det kändes som att han höll på att dra bort hennes lem.

Vera skyndade sig. Om inte för sin egen skull, för Freja och Tore. Deras liv skulle inte sluta som Jons och Roberts.

"Varför har ni gjort allt det här?" frågade Vera. "Vad har jag gjort för att förtjäna allt det här?"

"Universum kretsar faktiskt inte kring dig," sa demonen. "Vi är här för att ni människor syndat allt för länge. Ni slukar upp eran värld och skiter ut tragedi och misär. Vi är här så att ordning kan återvända. För att se till att eran jord överlever eran respektlösa vistelse."

"Så ni är här som ett straff? Skickade från gud?"

"Det finns större krafter i universum än era gudar." Zakar släppte taget om Vera, tog tag i hennes hår och drog hennes huvud bakåt.

"Säg mig, lilla flicka. Vad ser din ögonstenar?"

Vera kunde inget annat än att titta upp mot himlen. Punkterna av rött ljus hade multipliceras, tusentals av dem dansade omkring med varandra. Röda stjärnor, de hade invaderat himmelen. Rövat bort månen och solen för att få rum till deras vals.

Demonen släppte taget om henne och Vera fäste blicken vid Zakar igen. För första gången såg hon demonen fri från sin skugga av ilska och hat. Juvelerna intryckta i hans skalle sken.

"Vi svarar inte för någon annan än stjärnorna. Hur många liv vi än förstör i våran väg. Inte förrän vi utrotat vartenda spår av eran existens är vi klara. Vad än Gabriel må tro. Jag vet sanningen. Ni människor är missfoster. Illaluktande missfoster."

För ett ögonblick hade Vera funnit en känsla för sin kidnappare. Zakar var dock villig att visa sina riktiga färger. Han tog tag om Veras kropp och lyfte upp henne över sin axel. Som ett stycke kött hängde Vera ned bakom demonens skalle. Skrattretande vilka möjligheter ödet la i hennes väg. Vera kunde utan svårigheter nå kristallen från sin position. Hon kunde plocka upp den ur sin väska och köra in kristallen i demonens bakhuvud, bränna bort vad än för sjukligt som låg där inne, men hon hade bara en kristall.

Luften var nu obehagligt stilla omkring dem, men fortfarande hördes ljud från skogen som omgav husets framsida. Det fanns många fler demoner där ute. Vera fokuserade sin syn och såg två av dem, springande i samma fart som Zakar.

Som de slutligen nådde altanen satte Zakar ned Vera framför dörren.

"Rör på dig," sa Zakar och tittade på dörren. "Jag tänker inte längre plågas av din vidriga varo."

"Vad vill ni att jag ska göra?"

"Du vet mycket väl. Upp i tornet med dig."

"Vad kommer bli av mina vänner?"

"Du menar dockorna?" Zakar slickade sig om läpparna. "Förutsatt att de återvänder, jag antar att din far vill ha dem när han är klar med dig."

"De kommer inte tillbaka. De kommer hitta någon människa att berätta för. Hela världen kommer få veta vad ni har gjort."

Likt ett litet barn släppte Zakar fram ett skratt så högt att varenda demon omkring dem kunde höra. "Hur långt de än springer. Bortom denna skog finns bara mer skog, långt bortom intet sträcker sig denna illusion."

"Du ljuger!" tjöt Vera.

Zakar suckade. "Jag trodde du förstod, men återigen tycks Gabriel ha överskattat dig."

"Vänta du bara. Jag ska förgöra dig och alla dina demoniska vänner. Ni skrämmer inte mig!"

"Behåll din ilska till din far, flicka lilla."

Zakar vände om och gick tillbaka ut i skogen. Vera tog en sekund för att samla sig. Freja och Tore var fortfarande kvar där ute någonstans. Om de sprang iväg skulle de för alltid vara vilsna i denna oändliga värld. Ifall de kom tillbaka så var demonerna redo för dem.

Vera öppnade ytterdörren och tog ett steg in i sitt gamla hem. Huvudhallen var tystare än någonsin tidigare. Inte ens på natten, när far och Mona arbetade nere i laboratoriet var det så här tyst. Det fanns alltid något ljud i bakgrunden.

Vera gick uppför trappan, förbi fars sovrum, vidare upp till den tredje våningen och så slutligen bort till tornet. Ingenting hade förändrats med spiraltrappan, den var lika tyst och tom som alltid. Vad som hade förändrats var Veras perspektiv. Mörkret var ingenting. Det som dolde sig bakom mörkret var det farliga, men hur än farligt. Vera hade ljuset i säkert förvar.

Luckan högst upp var tung, men Vera var stark. Hon slog upp luckan och klättrade uppför stegen. Altaret nere i kapellet sträckte sig hela vägen upp till det lilla rummet. Som ett träd gjort av sten. Dess rötter nere i kapellet, dess krona uppe bland molnen. Trädet hade alltid stått här. När än mor och far talade om husets historia hade de nämnt prinsar och prinsessor, de hade talat om förgångna tider då ära och heder fortfarande rådde. De hade aldrig nämnt ett altare.

Vid stenträdets krona, i ögonhöjd med henne själv fann Vera samma treuddiga stjärna hon sett ingraverat på så många ställen i laboratoriet. Symbolen utsöndrade samma hemska ljus som de röda punkterna. Överallt hon gick verkade det följa med henne. Om hon bara kunde finna dess källa. Gabriel var hennes bästa chans.

Vera fortsatte uppför den sista stegen, upp till tornets platå. Placerat precis ovanför altaret stod fars teleskop. Vera tittade in i kikhållet. Där inne, genom instrumentets optik såg Vera i detalj en av de röda punkterna. Ett intensivt ljus omringade ett oändligt mörkt centrum. En perfekt cirkel omgiven av en illröd gloria. Mer än att beskåda dess proportioner, Vera fylldes av en intuitiv känsla. Det var inte bara hon som såg på punkten, punkten såg på henne.

Vera tog ett steg bakåt och blickade ut mot skogen. Vanligtvis kunde man se byggnaderna i Hälsing sticka upp bland trätopparna. Nu fanns ingenting mänskligt att se, bara träd följt av ännu mer träd. Såhär världen måste ha sett ut innan människan fann sin plats.

Under Vera, från spiraltrappan, ljudet av stapplande steg komma henne allt närmare. Far hade äntligen kommit ikapp. Det skulle ta honom en minut att komma uppför trappan. Vera satte ned sin hand i väskan och letade rätt på sin kniv, men hon lät den ligga kvar. Kanske far kunde bli övertalad till att ge upp, det var en chans hon inte skulle missa. Aldrig skulle hon tillåta honom fortsätta på sin destruktiva väg. Hans öde var redan bestämt, men om hon kunde få honom på sin sida, kanske det skulle betyda hennes räddning.

Stegen från trappan blev allt högre. Vera slöt sina ögonlock och tog ett djupt andetag. När hon andades ut så stod han där framför henne. Fullkomligt sönderslagen. Hans labbrock täckt av gröngul sörja och mörkrött blod. Ur skottskadan Vera utdelat i hans ben hade han förlorat en oerhörd mängd blod, men någon hade hindrat honom från att gå vidare.

"God morgon far," sa Vera.

Från sin ficka tog far fram sin spruta.

Eländiga gubbdjävel alltså.

Vera tog upp sin kniv, sitt svärd. "Släpp sprutan!"

Far brydde sig inte, han tog ett steg närmare.

"Gud är på min sida," muttrade far som han med sin fria hand tog tag om Veras skadade arm. Hon ryckte ifrån och högg till. Inte alls något kraftigt slag, kniven bröt knappt huden omkring hans inälvor. Icke desto mindre, ännu mer blod rann ned längs hans labbrock. Den röda färgen förstärkt av det snuskiga ljuset.

"Vera…" muttrade far. "Min dotter…"

Med betydligt mer kraft högg Vera till igen. Inget återvändo nu, hon kände värmen av hans inälvor ju längre in hon tryckte kniven. Far greppade tag om sitt teleskop för att hålla sig själv på två ben. Han hade förlorat för mycket blod. Först kulan och nu det här.

Vera ryckte ut kniven och högg till en tredje gång. Denna gång pressade hon in bladet mellan fars revben och med det föll han ned på knä.

"Så det här slutet?" hostade han fram.

"Du gav mig inget val."

"Vera… du har förstört allt…"

"Det är ditt eget fel!"

På knä svajade far från höger och till vänster.

"Du har blivit så stor," muttrade far för sig själv.

Hans kropp klarade inte mer, i en väldig duns slog han ned på golvet. Hans ögon fixerade på sin dotter. Tyst, stilla och utan tvekan död. Blicken ville han dock inte släppa. En vardaglig sorts blick målad i en helt ny känsla. Samma sorts känsla som klädde Monas sista ögonblick. En sorts färg som bara existerade hos de människor vars liv blivit berövade av dem de älskar mest.

Vera ville verkligen fälla en tår eller två, men ingenting kom ut. Hennes tårkanaler var så torra som de någonsin skulle vara. Om något kände hon inget. Ingen sorg, ingen glädje. Bara en oändlig värme. En värme som växte sig större för varenda sekund hon stod och tittade på sin far.

Vera lyfte upp sina armar ovanför sitt huvud. Rörelsen fick hennes sår att bulta. Värmen spred sig genom hennes kropp.

Energi i sin mänskliga form.

"Zakar din demon, du står på tur!"

Vera hoppade nedför stegen från platån, ned i det lilla rummet. Hon sprang förbi stenträdet, nedför den andra stegen och så vidare nedför spiraltrappan. Hennes ben vek sig ett antal gånger under hennes kropp, men smärtan höll henne från att falla. Ifall demonerna var kvar i hennes skalle skulle de känna hur Vera kom springandes. Determinerad att inte bara avsluta deras patetiska ursäkter till liv. Vera skulle förgöra hela deras meningslösa värld.

Hon nådde botten av spiraltrappan genom att kollidera med golvet. Händerna först, hennes skadade arm ville separera från hennes kropp. Hon hoppade upp på sina fötter och fokuserade på sitt mål. Nu fanns endast hämnd kvar att avtjäna. De skulle alla få betala. Vera kutade förbi den tredje våningen och tumlade nedför trappan.

Hela huset var målad i en illröd skara. Från golvet och väggarna till de udda konstverken. Oavsett vilken nyans, ljus eller mörk. Snart skulle hon föra världen till den grå skala Vera var van vid.

Snabbt igenom huvudhallen, som hon nådde ytterdörren klingade Zakars röst i hennes huvud.

"Kom till vardagsrummet, sluta springa."

Vera gjorde som han sa, men hon saktade inte ned. Hon sprang bort till vardagsrummet, men före hon öppnade dörren tog hon upp sin kristall. Bara att ha den i sin väska gav henne vetskapen av makt. Att hålla den i sin hand, att känna hur den släppte lös sin övernaturliga kraft. Ingenting kunde stoppa henne nu.

Vera höll sitt vapen högt samtidigt som hon slog upp dörren.

Freja och Tore var tillbaka, de satt ned i soffan.

Vera störtade in. Förutom Zakar, så var två andra demoner där, den ena kort, skallig och muskulös. Samma demon som spelat rollen av fars assistent i skådespelet tidigare. Han bar nu en mörk kostym. Den andra demonen var lång, oerhört hårig och klädd i en rosa klänning. De hade alla samma sorts juveler intryckta i deras skallar. Deras fokus var fäst vid Vera.

Deras oro, allt för tydlig

"Var försiktig," sa Zakar. "Lilla flicka, du vet inte vad du håller i din hand."

Vera frigav ett skratt. Inte ett inövat, demoniskt läte. Från botten av hennes hjärta, ett mänskligt garv. Kristallen sken starkt, men jämfört med Veras blick så var den inget. Kristallen var endast ett verktyg. Vera var det riktiga vapnet.

"Vad än min bror har sagt till dig. Lyssna inte." Trots hans lugna beteende, Vera hörde skräcken i Zakars röst.

Vera tonade ned sitt skratt, tog ett andetag och som en solstråle sprang hon framåt mot den kortvuxne demonen. Inte alls mycket längre än henne själv. Han tog tag i hennes midja. Enormt stark, ifall demonen fick chansen skulle han lätt kunnat krossa henne i sin famn, men Vera var snabbare. Endast ett mål i åtanke, den punkt där Mona lärt henne att sikta. Rakt i demonens kranium placerade Vera sin kristall. Demonens huvud kollapsade in i sig själv. Som att se huvudet på en myra krypa in i dess bak. Kroppen föll bakåt och ur hans ögonhålor föll två juveler och vittrade bort i luften.

Tore och Freja var snabba upp på deras fötter. Tore placerade ett slag mot Zakars buk, men lyckades inte genomföra någon skada.

Zakar tog tag i Tore och Freja, kastade dem åt varsin sida och vände sin uppmärksamhet tillbaka på Vera.

"Det behöver inte sluta såhär. Du har ett val, släpp stenen och sätt dig ned!"

Vera hörde knappt vad han sa. Ännu mindre kunde hon släppa sin sten. Som kristallen hade fått den första demonens skalle att implodera, började kristallen utsöndra ett högt pipande ljud. Den skiftade momentärt i temperatur. Först blev den isande kall för att sedan koka. Vera kände tempraturen sprida sig genom hennes kropp. Kristallen hade blivit ett med hennes arm. Inte längre var det ett objekt hon höll i sin hand. Det var en stråle av ljus hon kunde använda för att klyva ned dem alla! Den långa demonen stod på tur. Sakta gick han fram mot henne, med sina händer framför sig. Ett tecken av undergivenhet? Ytterst idiotiskt.

Vera sprang fram och högg av bägge demonens armar innan hon högg honom mitt itu. Ljuset skar igenom demonens midja som att han vore en kokt potatis. Vera såg inte alls hur Zakar flög på henne bakifrån. Hon såg ingenting alls. Hela världen hade blivit reducerat till ett ljus. Zakar försökte bekämpa henne, han tog tag om hennes armar, men lyckades endast bränna bort sina klor.

Zakar släppte taget om henne och tog två steg bakåt. Han försökte fly.

Vera tillät det inte. Hon sträckte på sitt lillfinger och lyckades fånga upp hela demonens kropp. Två punkter av illrött ljus anknöt sig till henne, de slukades upp och blev tillintetgjorda av Veras lyster, men bakom det ständigt växande ljuset, det ständigt eskalerande ljudet hörde Vera två familjära röster.

"Nej! Gör det inte!" skrek Freja.

"Kom tillbaka hit!" röt Tore.

Deras skrik växte sig högre och rädslan i deras röster hade växlat till hysteri. Orden fanns inte längre kvar, de ropade inte. De bara tjöt. I sina armar och ben kände Vera hur hon växte. Hon slukade upp hela världen omkring sig. Hennes vänner var blott ett mellanmål.

Det kolossala ljuset hade inom kort blivit större än huset och inget pekade på att Vera skulle sluta expandera.

Hennes tankar och känslor existerade inte.

Vera var inte det minsta ledsen att hon dödat Freja och Tore. Hon var beredd att ge upp sitt liv till ljuset, men en kraft drog henne åt sidan. En kraft som höll henne från att drunkna.

Ett oändligt stort rum hade öppnats upp. Mot en kolsvart bakgrund stod han, tillsynes ståendes på ingenting.

"Min unga dam, du har kommit så långt, men ännu har din färd endast börjat."

Hans röst ekade genom rummet och med det kom Veras känslor tillbaka som en flodvåg. Hon hade dödat dem alla. Far, Zakar, Tore och Freja. De hade alla dött så att hon kunde stå här. Ansikte mot ansikte med det riktiga monstret.

"Jag dödade dina bröder och systrar," sa Vera. "Och jag tänker inte sluta förrns jag är klar med dig."

Ett leende breddes ut över Gabriels läppar.

"Ingen människa är beredd att gå längre än den som förlorat allt. Jag måste erkänna, vi är glada över att ha dig här med oss."

"Glada? Jag hoppas du är glad över vad som hände med Zakar. Vänta du bara. Jag ska döda dig med!"

"Vissa av mina syskon var skeptiska till ditt ljus. Du motbevisade deras tvivel på ett minst sagt, spektakulärt sätt."

"Du ville att det skulle hända, din djävul. Det är ditt fel alltihopa!"

“Jag gav dig redskapen att välja din egen väg. Närsomhelst under din resa kunde du ha gett upp, men du valde att kämpa. Min unga dam, vänd dig om. Jag trodde du skulle vara glad över att få se din vän igen.”

Vera gjorde som Gabriel sa och tog en titt bakom sig. Ljuset hon släppt lös hade utvecklats till en gigantisk glob. För alltid brinnande.

“Solen, vad fan är det för plats vi befinner oss?”

“Svär inte, det passar inte dig. Inte heller har rummet en betydelse. Det viktiga är att du har navigerat din väg genom mörkret och funnit ditt eget ljus.”

Vera tittade tillbaka på Gabriel. Ur hans skalliga hjässa hade hårstrån tagit form, kring hans mun ett grått skägg. Ljuset hans ögonjuveler utsöndrade blev allt svagare. Från sin ficka tog ängeln fram en liten juvel han räckte över till Vera. En grönblå kula nedslipad till perfekta proportioner. Kulan absorberade ljuset från solen och avgav sitt eget.

“Jag ber om ursäkt för allt du genomlidit. En dag kommer du förstå att allt var för det bästa.”

Vera tog emot juvelen från Gabriel och som hon tog på den, blev juvelen smutsig. Överallt kring dess grönblå textur hade grå fläckar tagit form och ju längre hon höll den i sin hand, ju mer ojämn blev ytan. Vera slöt sin hand kring juvelen och kände hur hon med lätthet kunde pressa den sönder och samman.

De grå formationerna täckte nu hela juvelen.

“Ta vara på juvelen,” sa Gabriel. “Tillåt ingen att ta den från dig.”

Som Vera åter tittade upp var Gabriel inte längre där.

9.

Efter att ha gått flera mil längs landsvägen och inte sett något annat än skog, Josefin hade äntligen hittat rätt. Tanten hade sagt åt henne att följa vägen så gott det gick. När hon såg det grå tornet visste Josefin att hon hittat rätt. Hon hade gått hela vägen från huvudstaden, en resa som hade tagit på krafterna hos den starkaste av människor. Ännu mer för Josefin, gravid i den åttonde månaden och såpass undernärd att hon undrade ifall barnet inom henne fortfarande var vid liv. Hennes hår var slitet och kläderna hade hon inte bytt eller tvättat på flera månader. Det stod tydligt att hon inte hade några pengar, men här spelade det ingen roll.

På Galileos klinik, beläget en bra bit utanför staden Hälsing, var alla människor välkomna.

Som Josefin närmade sig den höga träbyggnaden växte en tanke inom henne. Tänk om de inte skulle acceptera henne. Tänk om hon hade gått så långt bara för att bli nekad.

Josefin tog en minut för sig själv, samlade sitt mod, gick fram till dörren och knackade på.

Ingen kom för att öppna. Hon försökte en andra gång och i snabb följd, ett tredje försök.

En mager kvinna med brunt hår och gråblek hy kom för att öppna. Josefin undrade om kvinnan kanske var sjuk. Det var ju trots allt ett sjukhus.

“Söker ni vård?” frågade kvinnan.

“Jag vet inte om jag hamnat rätt, mitt namn är Josefin. Är det här kliniken? Galileos klinik?”

“Alldeles korrekt, ett rätt så lustigt namn kanske. Det var överläkaren som valde det namnet.”

Den gråbleka kvinnan log, ett varmt leende.

“Söker ni vård?”

“Ja, men jag kan inte betala för mig.”

“Oroa dig inte om det.”

Kvinnan tog ett steg åt sidan och gestikulerade att Josefin skulle komma in.

“Välkommen, doktorn kommer alldeles strax.”

Josefin tog ett andetag innan hon tog steget. Att kliva igenom den dörren kändes som att gå in i en helt annan värld. Utomhus hade luften varit kall och fylld med skogens naturliga odör. Inomhus luktade allting rent, nästan lite för rent. Ändå verkade byggnaden gammal.

De gick igenom en farstu och sedan in i en stor sal med ett enormt högt tak. På väggarna hängde konstverk, avbildningar av små sfärer målade i blått och grönt. Den gråbleka kvinnan pekade på en fåtölj ståendes under en av dessa tavlor.

“Sätt dig ned och vänta. Jag och medelar doktorn att du äntligen anlänt. Och du förresten, när senast fick du i dig näring?”

“Näring?” frågade Josefin. “Du menar mat? Igår kväll. En snäll dam i Hälsing gav mig en ordentlig portion potatis.”

Kvinnan skakade på huvudet.

“Du är på tok för mager för någon i ditt tillstånd. Följ med, jag ska se till att du får i dig lite mat.”

Blotta tanken fick Josefins mun att vattnas. Hon följde efter kvinnan genom salen, in genom vad som tycktes vara ett vilorum. Två sängar var placerade på vardera sida av rummet och på den ena väggen hängde ännu fler tavlor samt ett antal planscher som tycktes beskriva människans anatomi. Rummet var även utrustat med en drös olika maskiner. Däribland en apparat som fick barnet i Josefins mage att sparka till. En maskin bestyckad med kanyler ovanpå två långa slangar, en elektrisk pump samt en trumma lika stor som en fullvuxen människa.

De gick vidare till nästa rum, en matsal. Tom på allt förutom ett bord och tre stycken stolar. En ung man klädd i en grå overall satt på en av stolarna och läste ur en bok.

“Sätt dig ned och ta det lugnt,” sa den gråbleka kvinnan. “Jag kommer snart.”

Josefin gjorde som hon blivit tillsagd och satte sig vid bordet på motsatt ände från den gråklädde.

“Hej, vem är du?” frågade Josefin.

“Det är inte viktigt,” sa den gråklädde och tittade upp ur sin bok. Hans ögon var lika grå som hans kläder. “Vem är du själv?”

“Mitt namn är Josefin, jag är här för att föda.”

“Du har alltså ett namn, och du har ett behov, men vem är du?”

“Jag sa ju det. Mitt namn är Josefin.”

“Men vem är du?”

Josefin tittade bort från mannen, in i väggen. Hon var givetvis glad att de hade givit henne en plats på kliniken, men hon var då inte på humör för att svara på några gåtor. “Jag är Josefin, det är vem jag är.”

Mannen släppte fram ett hånfullt skratt och sänkte sin blick ned i boken.

Efter ett par minuter kom kvinnan tillbaka med en tallrik mat i ena handen och ett glas vatten i den andra.

"Överläkaren är helt galen i fisk och potatis. Hoppas du finner matlagningen aptitlig, några av våra yngre medlemmar har förberett den."

Kvinnan ställde ned tallriken och vattnet framför Josefin. På tallriken hade kvinnan skurit upp en stor bit potatisgratäng tillsammans med några skivor rökt fisk.

"Det här ser jättegott ut! Tack så mycket."

Josefin slängde genast i sig maten. Utsvulten. Hon tog stora tuggor och mellan sina tänder bröt hon ned varenda bit. Hon hade lätt kunnat få i sig dubbla portionen, men att fråga om mer verkade oartigt.

Den gråbleka kvinnan hade dock läst Josefins tankar. För en minut försvann hon iväg, men kom genast tillbaka med en lika stor portion som förut. Genast skar Josefin upp den delikata fisken. Den här gången visade hon mer hyfs i sitt förande. Varsamt skar hon upp varenda tugga innan hon la in maten i sin mun.

Den gråklädde mannen satt genom det hela tyst och läste i sin bok. Han verkade helt ointresserad av världen omkring honom. Den gråbleka kvinnan satt tyst på stolen bredvid och såg på som Josefin åt.

"Är något på tok?" frågade Josefin som hon tog en klunk vatten. "Har jag gjort något fel?"

"Nej. Det är bara trevligt att se dig äta. Du ser verkligen ut att behöva det."

Josefin visste inte vad hon skulle tro. Det var inte som hon kunde klaga, men var kvinnan tvungen att stirra på henne? Dessa spöklika personer, varför åt de inget själva?

“Kanske är det jag som borde fråga dig den frågan,” sa den gråbleka kvinnan. “Är något på tok? Känner du dig kanske lite yr?”

“Nej inte alls, det är bara det att… ni verkar lite konstiga. Är ni sjuka eller något?”

“Vi var sjuka. Du förstår, min bror här led av en livshotande sjukdom. Om det inte vore för doktorn skulle han varit död nu, inte sant?”

Kvinnan klappade till mannen på axeln.

“Döden är bara en fråga om perspektiv,” muttrade mannen för sig själv.

“Och jag,” sa kvinnan. “Jag var så gott som död när doktorn fann mig. Vi har våra liv att tacka för. Hon är en underbar människa. Josefin, du har ingenting att oroa dig över. Var bara glad att du äntligen hittat hem.”

Hem. Det här var inte Josefins hem. Hon hade aldrig haft något hem och med ett barn på väg, hur skulle hon någonsin finna ro här i livet? Hon lyfte upp glaset för att ta en till klunk vatten, men tappade genast ned det mot bordet.

Josefins fingrar, de hade ingen känsel.

Glaset rullade vidare ned på golvet.

Josefin reste sig upp för att städa upp oredan, men hon reste sig allt för snabbt. Världen omkring henne blev dimmig, ljuset började flimra och med det, föll hon bakåt ned på golvet.

Det sista hon såg var det tomma glaset.

Den gråbleka kvinnan och den gråklädde mannen var snabba på att agera. De lyfte upp Josefin och bar bort henne till köket, de rullade bort mattan och hjälptes åt för att få ned Josefins kropp ned i laboratoriet.

"Tror du att fostret är vid liv?" frågade mannen som de kom in i operationssalen.

"Säkert," sa kvinnan. "Så länge de är i mammas mage så är de lika starka som deras värd."

Dem la upp Josefins kropp på operationsbordet. Vera var redan där, fullt beredd på att rädda livet på ytterligare en vilsen själ.

"Ska jag hämta utrustningen för ett kejsarsnitt?" frågade den gråbleka kvinnan.

"Nej, vet du vad," sa Vera och log. "Låt oss lämna fostret i henne."

"Genom transformationen?" frågade mannen något förbluffat. "Skulle inte det ta kol på fostret?"

"Jag vet faktiskt inte, men om jag har rätt kanske barnet blir till en extraordinär individ som den blir äldre."

"Och om du har fel?" frågade kvinnan.

"Modern kommer iallafall att överleva, det är jag säker på."

"Jaja, du är experten," sa mannen. Tillsammans med hans syster gick de vidare in till laboratoriet och lämnade Vera och Josefin ensamma.

Vera gick fram till Josefin och strök undan håret från hennes ansikte. "Du kan inte ha haft ett lätt liv va?"

Vera förväntade sig inget svar, men musklerna omkring Josefins ansikte började skaka och med det öppnade hon sina ögon.

"Varför… gud… varför?"

Vera la sin hand över Josefins.

"Sch, du har ingenting att oroa dig för. Allting kommer bli bra."

“Vem är du?”

“Mitt namn är Vera Vargande. Jag är här för att du behöver min hjälp.”

“Min son! Vad kommer att hända honom? Snälla doktor, se till att han hittar ett värdigt hem.”

“Hur kan du vara så säker på att det är en han?”

Tydligt att Josefin led av hysteri. Inte speciellt udda. Vera skulle reagerat likadant ifall hon vaknade upp i en dunkel källarvåning med en okänd kvinna ståendes ovanför sig.

“Var inte orolig. Vi ser till att din son hamnar vid ett kärleksfullt hem.”

“Och vad om mig?” vrålade Josefin.

“Seså, min unga dam. Du ska veta att du är ett av universums barn. Var tyst nu.”